D+

dear+ novel shake me tender・・・・・・・・・・・・・・・

シェイク・ミー・テンダー

いつき朔夜

新書館ディアプラス文庫

シェイク・ミー・テンダー

contents

illustration：本間アキラ

シェイク・ミー・テンダー
SHAKE ME TENDER

スタッフ出入り口から一歩外に踏み出して、大悟《たいご》は「うええ」と呻《うめ》いた。夜になっても、少しも涼しくなっていない。

毎年、八月上旬の土日に催される、市をあげての夏祭りが終わったばかりで、街にはまだその熱気が残っているようだった。

大悟は、民間の防犯ボランティアのようなことをしている関係から、祭りの日は遊ぶどころではなかった。その疲れが抜けきらないまま、日常の仕事に戻ったので、暑さがひとしお堪《こた》えるのかもしれない。

大悟はフリーランスのインストラクターとして、三つのクラブにクラスを持っている。「格闘技エクササイズ」は、このごろの健康指向で需要が増えてきた。

小倉随一《こくらずいいち》の盛り場である酒井町《さかいまち》、その裏通りに足を向けたのは、今夜の仕事先であるミヤコスポーツクラブの契約が駐車場への近道だったたからだ。

華やかな灯も嬌声《きょうせい》もとぎれるあたりに、街中にしては広い公園があった。植え込みが多く、緑ゆたかなのはけっこうだが、夜はいささかぶっそうな場所だ。

大悟はふと、足を止めた。

骨と肉とがぶつかる、重く湿った音。低い、押し殺した呻き。勝《か》ち誇《ほこ》ったような笑い声。

大悟は、音の方に走り出した。錆《さ》びたジャングルジムの陰に、人影がもつれあっているのが見えた。五、六人もいるだろうか。

「なん、しよっかあっ！」

腹の底から声を出す。

ぎくっと振り向いた顔は、みな幼かった。私服姿だから確証はないが、高校生、ひょっとすると中学生ではないのか。

その輪から転げだしてきたのは、ワイシャツにネクタイのサラリーマンふうの男だった。

「ちょっと、あんた……」

相手は、差し伸べた大悟の腕をかわして、這《は》うような低い姿勢で逃げて行った。大悟のことを、襲ってきた連中の仲間とでも思ったのか。

人相はそれほど悪くないはずだが、と大悟は首をひねった。武道家とは思えないほど甘くソフトな面立《おもだ》ちだだと、人にはよく言われる。

大悟は、まだそこにとどまっている少年集団に、ゆっくりと近づいていった。

「おい、何をしとったんや?」

先ほどよりは穏やかな声で問いただす。

「こんな時間に盛り場をうろついちょると、補導されっぞ。学校はどこだ」

大悟から体育教師的な匂《にお》いを感じ取ったのか、少年たちは、

「べーつに」

口ではつっぱりながらも、じりじりと後退していく。

輪が広がって、しゃがみこんでいる男の姿が目に入った。彼もまた、取り囲む少年たちと同世代には見えなかった。

かっと頭に血が上《のぼ》った。

子どもにいたぶられる大人の情けなさ、そんな子どもを育ててしまっているこの世界。怒りと苛立《いらだ》ちから、大悟は再び声を荒らげた。

「きさんら、大人に向かって――！」

その剣幕に押されてか、少年たちは、わっと逃げ散った。リーダー格とみえる大柄《おおがら》な少年は、振り向きざま捨て台詞《ゼリフ》を投げてきた。

「きったねえ、オカマが！　表でサカってんじゃねー！」

「なんだとォ！」

追いすがろうとしたとき、ごほごほと咳《せ》きこむ声が聞こえた。こちらを救助するのが先か。大悟は追撃を止《や》め、被害者の方に向かった。

男の身なりは、それほど悪くない。ホームレスではないようだ。ただ、ひどく痛めつけられたらしく、着ているものもどろどろだった。ビールか何かかけられたのか、饐《す》えたアルコールの臭《にお》いがする。

「あんた。大丈夫か」

口に出した後で、大悟は内心、苦笑した。間抜けな質問だ。大丈夫なわけがない。またもし、「大丈夫」と返されたとして、大悟の性分として、放置して去れるわけもない。

大悟は手を伸ばしかけ、一瞬だが、触れるのをためらった。さっきの少年の捨て台詞が気持ちに引っかかっていた。

他人の性癖《せいへき》に偏見《へんけん》は持ちたくないが、あの言い方だと、今の今、そういった行為をしていたのではないか。

もともとこの公園では、同性異性を問わず、その手の行為にふける連中が多い。どういうところで相手を見つけるのか知らないが、宿なり家なりに連れ込むまで、辛抱《しんぼう》ができないものかと思う。

青白い街灯に、自分より薄い肩、細い首筋が浮き上がる。じっと痛みに耐えている風情《ふぜい》が、大悟の心理的抵抗を上回った。生来の世話焼き体質なのだ。

膝をついて、相手の肩に手をかける。

「ひっでぇやられたな。まったく、近頃のガキどもときたら」

自分も成人してからやっと四年、もっと年上の本物の大人が聞いたら笑いそうな発言だが、防犯活動に加わってから、すごく老けた気がする。

社会を揺さぶる側から護《まも》る側に。保守的な立場になったからだろうか。夜回りなんかしていると、今夜のように、腹の立つことばかりだ。

男は咳《せき》が止むと、掠《かす》れた声で応じた。

「ああ……すまない、ありがとう……」

素直じゃないか、と大悟は安堵《あんど》した。プライドやメンツもあってか、助けられたこんな場面で突っ張る人間は少なくない。

男は大悟の肩にすがって立ちながら、つうっと呻いた。どこか筋を痛めたのだろうか。骨でも折れていたらと、心配になった。

「あんまし痛むなら、病院に行った方がいいぞ」

市立医療センターの夜間外来なら、この時間でも診《み》てくれるだろう。ここから、さほど遠くはない。

「行けない……今、無保険なんだ」

大悟は、驚きはしなかった。

自分は、それなりに安定した暮らしをしてきたけれど、底辺の生活ぶりを知らないわけではない。なんとか食べてはいけても、社会保障の網からこぼれる人間は、この町でも増えている。

「家、どこ」

相手は、それには応《こた》えなかった。警戒しているのだろうか。

「家に帰ったら、誰かおるの?」

大悟は押して訊《き》いた。

このまま捨ててはおけない気持ちだった。目の前の傷ついた人間を、大悟は無視できない。

相手はゆっくりと首を振った。頼る者もない身と知って、いっそう心にかかる。

大悟の決心は速かった。

「俺の車がすぐそこだ。来いよ」

けげんな顔をするのへ、

「病院がダメなら、うちに来ればいい。手当てくらいしてやれる。怪しい者やない、『よまわり隊』のメンバーだ」

ポケットをごそごそ探り、メンバーカードを差し出す。インストラクターとしての名刺もあるのだが、市のマークの入ったカードの方が信用してもらえると思ったのだ。

「邦光《くにみつ》……ダイゴ?」

「タイゴ」

訂正して、相手が名乗るのを待つ。

相手はしかたなさそうに、「ヒカワセイジ」と一息に名乗った。そして、

「名前しかわからない人間を、家に連れ込む気か。怖くはないのか」

男はなぜか、辛辣《しんらつ》なもの言いをした。

「黒帯やけんな」

威張《いば》るつもりはない、事実は事実だ。

「そうか。だから、ああいう場面で割って入れるのか」

向こうも淡々と、事実確認のように呟く。どこか、ほっとしているような声音だった。

氷川《ひかわ》と名乗った男は、大悟の家の前で、急に逃げ腰になった。

「一軒家とは思わなかった。誰かいるなら、俺は」

どうやら、大悟の風体《ふうてい》から、単身のアパート暮らしと見当をつけてついてきたらしい。

大悟は慌てて引き留めた。ここまで連れてきて逃げられたら、何の甲斐《かい》もないではないか。

「誰もおりゃせんって」

問い返す目に、すぐ付け加える。

「この家に、おふくろとじいちゃんと三人で暮らしとったんや。今は俺一人だ」

すると男は、ぽつりと零《こぼ》した。

「あんたも、ひとりか」

その短い言葉は、じんと大悟の胸にしみとおった。

大悟の友人の多くは、一人暮らしをしている。若い男が、大学や就職で親元を離れ、独立していくのはあたりまえのことだ。だが自分は、離れて暮らしていても親兄弟がいる彼らとは違う、と感じていた。この男は「こちら側」の人間だ、と共感を覚えたのだ。

古風な引き戸の鍵《かぎ》を開け、玄関の土間に招きいれる。自分で言うのも何だが、小さくて古いなりに居心地のいい家だ。

ダイニングキッチンのほかは、続き間の和室に洋間が一つ。祖父も母も亡くなってからは、和室はろくに掃除していないが、使うところはそれなりに綺麗にしている。

男をダイニングの椅子に掛けさせておいて、食器棚の上から救急箱を持ってきた。

男のそばに戻ったとき、饐えた臭いに鼻が反応した。

「先にシャワー浴びた方がいいんじゃないか。酒くせえし」

彼は黙って立ち上がり、尋ねるように目をさまよわせる。

「風呂場はこっちだ。服は、洗濯機に放り込んどいてくれ」

「いや」

強く首を振った。

「紙袋でも貸してくれれば、持って帰る」

大悟は、あっさりと応じた。

「んじゃ、着るもんも貸さんとな」

手数をかけまいとしてかえって借りを作ることになったと気づいてか、男は間の悪い顔になった。

彼が浴室に入っている間に着替えを出し、洗濯機のふたの上に重ねて置く。そして本人の希望どおり、ビニール引きの大きな紙袋に汚れた衣類を詰めこんだ。

量販店で売っているような、平凡なTシャツと綿パンツ。どういう種類の人間かを示すような特徴は何もなかった。

十分ほどで、ガチャリと浴室のドアの開く音がした。

浴室から出てきた男は、唇の端が切れてはいたが、泥汚《どろよご》れを落とし、もつれた髪を整えると、意外なほどすっきりと整った容貌《ようぼう》なのがわかる。

整っている、以上だ。翳《かげ》のある美貌は不思議な吸引力を放っていて、大悟はつい、まじまじと見てしまった。

「どうも……面倒をかけて」

相手は、少し人心地がついたのか、きまり悪そうに言う。

ぶしつけな視線を向けていたと気づいた大悟は、慌てて視線をはずした。

——おかしいだろ、こんなの。

胸がどきどきするのは、ひどい目に遭《あ》ったばかりの男の顔かたちなどに、心を惹《ひ》かれてしまった罪悪感からだろうか。

それでも、そらした目の端で男の全身像を捉《とら》える。

大悟の服を借り着しているせいで、いくらか小柄なのがわかる。肌の色は大悟より浅黒かった。臙脂色《えんじいろ》のジャージが、あまり似合わない。

肌の色合いがどうこうというより、この男には、もっときちんとした服がふさわしいのではないか、とも思った。

公園での第一印象を裏切って、そのたたずまいに、きりっとしたものを感じる。濡れた髪を後ろに撫《な》で付《つ》けていて、なめらかな小麦色の額があらわれているのも、怜悧《れいり》な印象につながっているようだ。

はっとした。この男に、どこかで会ったことがあるように思ったのだ。だが、どこで?

「何か飲む?」

返事を待たずに、冷蔵庫からお茶のペットボトルを取り出した。

グラスになみなみと注いで差し出す。

「ああ……ありがとう」

受け取った手は、何の仕事をする人なのか、爪《つめ》をきちんと整えてあって、清潔感がある。すんなりと長い、琥珀色《こはくいろ》の指がグラスの底を支えている。

記憶のピースがどこかから転げてきて、かちっと嵌《は》まった。

「あんた……あんた、博多《はかた》のホテルにおらんかったか⁉」

グラスは口元でぴたりと止まった。瞳が細められて、警戒心もあらわな表情になる。

「なんだって?」

あれはいつのことだったか。ゆえあって足を踏み入れた、分不相応な場所での、印象的な出会い。

さっきの「どきどき」には、どこかうしろめたい感情が混じっていたが、今は、思わぬ再会の喜びと懐かしさで、ただ心が弾《はず》んだ。

相手の身構えた様子に気づかないほど、有頂天になって言いつのる。

「たしか、ロイヤルなんとかってホテル。最上階の、トップラウンジっていうか、豪華なバーでバーテンやってた。そうだろ?」

ようやく大悟は、男の態度の違和に気づいた。あふれ出す言葉は、ぴたっと止まった。

冷静に考えてみれば、博多の一流ホテルで花形のバーテンダーを務めている男が、小倉の場末で男を漁《あさ》り、少年たちの「オカマ狩り」の標的になるはずがない。

カリカリと眉根《まゆね》を掻《か》き、

「ああ……ええと……人違い、かな?」

男は肯定も否定もせず、半《なか》ば目を閉じて、ひと息にグラスを呷った。

「ごちそうさまでした」

大悟は救急箱を開けて、手当てにかかった。

目立つ傷は唇の切り傷だけで、ほかは打撲だ。今はいいが、後で青黒くなってくるかもしれない。

相手の顔色を見ながら、腕や肩を持ってゆっくり動かす。

「ちょっと息を止めて。痛むとこあるか?」

彼はときどき顔をしかめながらも、「痛い」とは言わなかった。

「慣れてるな……黒帯だっけ、柔道整復師でもやってるのか」

「違う。でも、スポーツトレーナーの資格はあるよ。インストラクターでメシを食ってるけど」

切れた唇が吊り上がる。

「あんたがエアロビクスをやるとは、ちょっと想像できない」

思ったより、気の利《き》いたことを言う男だ。皮肉な笑みが妙に魅力的に見えて、背筋がざわざわする。

大悟はぶっきらぼうに突っ込んだ。

「ダンスやない、格闘技系だ」

笑顔のままで、男は言った。

「こんなことなら、俺も習っときゃよかったな」

「生兵法《なまびょうほう》はケガのもと、と言うやんか。ああいう連中相手に、小手先の技が通じるもんか。とっとと逃げるに限るって」

「逃げ足が遅いんだ」

それから、ふと目の焦点《しょうてん》がどこか遠くに結んだ感じがした。

「俺は、逃げそこなってばかりいる……」

自嘲《じちょう》というより、もっと虚無的な呟きに感じられて、今度は心にちくちくと棘《とげ》がたつ。

それにしても、と大悟は今さらな義憤にかられた。

「恋人を置いて逃げるなんて、あんたのカレシは最低だな」

男はうっすらと笑った。

「恋人なんかじゃない」

その言葉に、消えかけていた嫌悪感がよみがえる。

「まさか、ウリやってんのか」

「……金なんか欲しくもない」

投げ出すように言う。強がりとも思えない。この男からは、乾いた諦観《ていかん》が匂う。

「だけど……恋人じゃないってことは、セフレ？　それとも行きずりか？」

咎《とが》める響きが混じるのを、どうしようもなかった。ゲイに偏見《へんけん》はないつもりだが、相手をとっかえひっかえの節操のなさや、性を売り買いすることへの嫌悪を抑えられない。

「あんたに関係ない」

ぴしゃっとはねつけられて、大悟は肩をすくめた。

「そりゃそうだ。……しかし、家に帰っても独《ひと》りなんだろ？　熱でも出たらどうする。なんなら、このまま泊まっていっても」

「嫌なこった。つくづくお節介だな」

この憎まれ口に、大悟はひるまなかった。夜の町のパトロールなどをやっていれば、「お節介」「よけいなお世話」と毒づかれるのには慣れている。

「わかった。それじゃせめて、家まで送らせろ」

相手は、まじまじと見返してきた。

「あんた、ただのお節介じゃないな。筋金入りのお人よしだ」

「よくそう言われるよ」

大悟が救急箱を棚の上に片付けて戻ってくると、氷川はふいに言い出した。

「よまわり隊、と言ったな。青いひまわりの、あれか」

この街の市花はひまわり、それをもじって、「よまわり隊」だ。防犯ボランティアのステッカーは青いひまわりの花をかたどっている。

活動中は揃《そろ》いの黄色いパーカー、それがないときは、首から青いひまわりの記章を提げることになっていた。

「なら、甘えよう。あんたは、送り狼《おおかみ》にはならないだろうからな」

そんな嗜好《しこう》はない、と切り返したかったが、相手の眼差しの翳りが、大悟の舌に重石《おもし》を乗せた。男の湯上がり姿にうっかり目を奪われたことも、大悟を弱腰にさせていた。

男の指示どおりに車を走らせる。事件現場の公園から、それほど遠くなかった。このあたりは酒井町のはずれ、どぶ川を越えたら、隣の都町《みやこまち》だ。

横丁に入ってまもなく、「停めて」と声がかかった。何かの店の前だった。

ヘッドライトが照らす四角いスタンドには、『ＢＡＲ難破船』とある。その電飾看板には、灯りはともっていなかった。

「ここでいいのか？」

「ああ。この店で働いてるんだ」

大悟は助手席に顔を振り向けた。

「じゃあ……あんた、やっぱりバーテン？」

男は大悟の顔を見ないで、早口に告げた。

「定休は月曜だ。店が開いてるときに、いつでも来てくれ。この礼に、一杯おごるから。服は洗ってそのとき返す」

そう言い置いて、車を降りていく。

ドアの正面に立つと、男はヘッドライトを頼りに鍵穴に鍵を差し込んだ。だが、それを回すことはせず、くるりときびすを返して車の方に戻ってきた。

運転席の窓から、切りつけるように、

「去年まで、俺はたしかにホテルにいた。人違いじゃない」

それだけ言うと、また店に戻っていく。ドアが閉まる音が、大きく響いた。

大悟《たいご》が実の父と初めて会ったのは、大学三年の秋だった。

保険のセールスをしながら独《ひと》りで自分を育ててくれた母は、その少し前に亡くなっていた。大学に進学するとき、家計を考えてためらう大悟に、母は「学費の心配はしなくていい。父親の親類が援助してくれる」と言い出した。

だが、大悟は父方の親族に会ったことがない。父は、大悟が母の腹にいるうちに亡くなったと聞かされていた。だから、戸籍《こせき》の「父」は空欄《くうらん》なのだ、と。それでも、送金してくれる親類がいる。そのことを、自分の存在を認めてくれている証《あかし》だと、素直にありがたいと思ったものだ。

母が亡くなっても、送金はとだえなかった。

ちょうど四十九日にあたる日、弁護士と名乗る男が、白百合の花束《はなたば》を抱《かか》えて訪ねてきた。援助者が、お悔やみかたがた、大悟に会いたがっている、というのだ。大悟も、ひとこと礼が言いたいところだったので、否《いな》やはなかった。

相手は、久留米《くるめ》に住んでいるという話だった。大悟が福岡市の大学に通っていたこともあって、博多《はかた》で会うことになった。

指定されたのは、駅から数分という恵まれた立地の、見るからに高級なホテルだった。そのトップラウンジで食事をともにすることになっていた。

エントランスで、大悟はすっかり気を呑《の》まれてしまった。就活を始めたばかりの大学生には、敷居《しきい》の高い空間だったのだ。

シックにして豪華な装飾、窓一面に広がる、きらびやかな夜景。影のように、音もなく動く礼儀正しいウエイターたち。

特に大悟の目を引いたのは、カウンターでシェイカーを振る青年だった。

黒いスーツに真っ白な糊《のり》の効いたシャツ、黒い蝶《ちょう》ネクタイが、少しも嫌味に見えない。一筋の乱れもなく額から撫《な》で上《あ》げた髪の艶《つや》やかさ。三十にはなっていないだろうと思われる、凜《りん》とした立ち姿には、犯しがたい品格があった。

肘《ひじ》を肩の高さに保ち、シャカシャカと軽快な音を立てて、銀色の筒を振る。よく制御されて緊張感のある動き、しかも無駄がない。体技を得意とする自分だからか、人の動作には点が辛《から》いのだが、これには非のうちどころがない、と感じた。

ほれぼれと見守り、指、手、腕、と視線がとどまってはさかのぼり、最後に、端整な卵型の顔に行きついた。やや伏せた目のまぶたは薄く、女のアイラッシュに比べればまばらな睫毛《まつげ》が、すっきりとして見える。軽く結んだ唇は、ほんのり桜色で、刻んだように形がいい。

生身《なまみ》の男を見ているという意識はどこかへ失《う》せてしまって、芸術的なからくり人形を鑑賞している気分だった。

できあがった酒をグラスに移し、赤い実を飾る。そのとき、やや年長にみえるやせぎすな黒服が近づいてきて何ごとか囁《ささや》いた。青年は肩をすくめ、ちろっと舌をのぞかせた。

——可愛《かわい》いやん。

第一印象よりずっと若いのだろう、と思った。自分より三、四歳上といったところか。

「待たせたね」

張りのある豊かな声に、大悟ははっと腰を浮かせた。

約束の時間ちょうどにやってきたのは、押し出しの立派な、五十歳くらいの男だった。

背後に黒いスーツの男がぴったりついて来るのを、彼は目立たぬ動きで追い払った。

初対面の年長者との会食では、食事を楽しむどころではなく、最初は硬くなっていた大悟だったが、相手の理解ある眼差《まなざ》し、聞き上手《じょうず》な態度に、しだいに口がほぐれてきた。

子供のころのこと、学校のこと、今後のこと。来年は県警を受験しようと思っていること。

そのとき、にこにこと大悟の話を聞いていた温顔が、にわかに硬い表情になった。

抜き身の刃《やいば》に触れたように、ひやりとする。

「気の毒だが……その夢は、かなうまいね」

「は？」

男はしばし瞑目《めいもく》し、再び開けた目には、深い苦悩と哀《あわ》れみの色があった。

そして彼は、思いもかけないことを言い出した。

自分は久留米に本拠《ほんきょ》を置く、広域暴力団の組長であること。大悟の実父であること。たとえ身元調査に引っかからないとしても、やくざの親族が警官になるなど、許されるはずもないこと。

頭の芯がじーんと痺《しび》れて、何を考えることもできなかった。大悟の目は、逃げ場を求めるように、さっきのバーテンダーの動きを追っていた。

「聞いているか？」

肩幅《かたはば》の広い、大柄《おおがら》な中年の男は、困ったように眉《まゆ》の間を掻《か》いた。そのしぐさは、自分の癖《くせ》を鏡で見ているようだった。

そう気づいたとき、男の言ったことがようやく脳にインプットされ、解析《かいせき》された。何もかも嘘ではないと、理解した瞬間だった。

ぐっと奥歯を嚙み締めて、大悟は一語一語を絞《しぼ》り出《だ》した。

「俺には、戸籍上、父親はいません」

相手は、黙って見つめ返してくる。

「それって、母さんと結婚しなかっただけじゃなくて、俺を認知もしなかったってことですよね？」

「……できるだけのことは、したつもりだが」

送金のことを言われたと思った。無償《むしょう》の好意とありがたがっていたことまで踏みにじられたようで、よけいに腹が立つ。

「父親がほしくなかったわけじゃない。だけど、札束《さつたば》をオヤジと呼べるか」

父は死んだのではなかった。自分たち母子を捨てた。しかも、裏社会の住人だった。自分が戦おうと志《こころざ》した、悪の組織の一員……どころか、ラスボスなのだ。

一度にこれだけの衝撃に襲われては、二十一歳の若造に冷静さを保てるはずがない。

抑えようとしても、声が高くなる。

「母さんの葬式《そうしき》にさえ来んかったくせに、今さら父親づらすんのかよ！」

カウンター席のカップルが、こちらを盗み見してひそひそと囁きあっているのがわかる。恥ずかしさに、頰が火照《ほて》る。

だからといって、もう引っ込みがつかない。膝にぐっと固めた握りこぶしを置いて、大悟はただ頑《かたく》なにうつむいていた。

「失礼いたします」

耳に快《こころよ》い、癖のない声に、びくっと肩が動いた。

さっきまで大悟が注視していた、姿のいいバーテンダーが、小さな銀のトレイを捧《ささ》げて立っている。

彼は、父親だという男の横合いから、二つのグラスをテーブルに置いた。

丸みを帯びたグラスには、月下の海のようなほのかに青い液体が満たされている。

父は斜《なな》めにバーテンダーを振り返り、困惑気味に問いかけた。

「頼んでいないが？」

「あちらのお客様からです」

バーテンダーは、古典的なナンパの手口のようなことを言って、揃《そろ》えた指で方向を示した。

思わずその指先に顔を向ける。すんなりした指は、ホールの天井《てんじょう》を指していた。

——ここ、最上階だろ。

父もけげんに思ったのか、重ねて訊《き》いた。

「君、いったい、どういう」

「このカクテルの名は『ラメ・ド・メール』と申します」

大悟は好奇心から、思わず質問を放った。

「バーテンさん、それどういう意味?」

「『母の涙』だそうでございます」

はっと息を引く。

亡くなるときの、母の顔が浮かんだ。

『ごめんね、大悟。母さんを、許して、ね』

静かな涙が白い頰を濡らしていた……。

大悟を独り残していくことを詫《わ》びたのだとばかり思っていたが、いつの日かこうして父と会うことになる、大悟の心の修羅《しゅら》を汲《く》んでのことだったのだろうか?

「失礼いたしました。どうぞ、ごゆっくり」

一礼して、バーテンダーは滑《すべ》るようにカウンターへ戻っていく。

大悟はその後ろ姿から目を転じて、自分にどこか似ている男の顔を、心に刻み付けるように見つめた。

この男を、母は心から愛した。それはわかる。嘘や遊びで男とつきあい、子供ができればしかたなく産み、金蔓《かねづる》として育てる。母は、けっしてそんな女性ではない。自分が一番よく知っている。

母を悲しませることだけは、したくない。

「あなたは知らん顔をすることもできた。お金のことだけど、今夜のことも。そうしなかったことで……男として無責任ではなかったと、俺は思います」

そして他人行儀を崩《くず》さず、深く頭を下げた。

「いろいろと、ありがとうございました。自分の生まれを知ることができたのは幸いでした。でももう、あなたとお会いすることはないと思います」

ラウンジを出て、「父」と一緒にエレベーターで下りる。二人きり、沈黙の数十秒は、ひどく長かった。

ホテルの前に回されてきた車は、いかにもな黒塗《くろぬ》りのベンツだった。助手席には、さっきラウンジまでついてきた大柄な黒服の男がいた。今では、彼が何者かわかる。

ホテルのドアマンが進み出て、後部座席のドアを開けた。

父は大悟を振り返って、

「駅まで送ろうか?」

「すぐだから、歩きます」

彼がうなずいて後部座席に乗り込むと、ベンツは大悟を残して走り出した。遠ざかる車を見送りながら、なんだか出棺《しゅっかん》のようだと思った。

駅に向きかけた足が、ふと止まった。ホテルの中へとって返す。エレベーターホールへ、さらにトップラウンジへ。

黒服のウエイターが目ざとくやってきて、慇懃《いんぎん》に言葉をかけてきた。

「お忘れものでしょうか?」

「いいえ。カウンターの……若い方のバーテンダーの人を」

それだけでわかったのか、男は指を上げて呼んだ。

「氷川《ひかわ》さん」

静かな足音が近づく。

正面に立ってみると、背丈はわずかに自分の方が高かった。

「私に何か……」

大悟はぺこりと頭を下げた。

「先ほどは、ありがとうございました」

相手は目を瞠《みは》った。慌てたふうに一礼し、

「いいえ。よけいなことをしたのではないかと、案じておりました。私どもは、お客様同士のトラブルに口を挟《はさ》むべきではないのですが」

ちょっと口ごもって、青年は続けた。

「私には、父も母もおりませんので……」

そのまま口をつぐんでしまう。頬がじわりと濃い色に染まった。プライベートを晒《さら》したのを恥じるかのように伏せた目が、はにかんだ笑みを含む。

人形のようだなどと、どうして思ったのだろう。これほど生き生きとした、魅力的な人を。

「どうぞ、またいらっしゃってください」

学生の身で――いや、社会人になったとしても、自分のような若造にこんな店は敷居が高いだろうと思いながらも、大悟は請《う》け合《あ》っていた。

「ええ。きっと」

数日後、また同じクラブでの仕事帰り、あの公園を通った。今夜は、何の騒ぎも起こっていないようだ。

大悟《たいご》は足を止め、ここからあの店への道順を、頭の中で確認した。

時間どおりに家に帰ったって、どうせ誰もいない。自分を待っているのは、せいぜい返却期限の迫《せま》ったレンタルＤＶＤくらいだ。

正直、あの男、氷川《ひかわ》が気になってしかたがない。

煌《きら》びやかなトップラウンジから、裏街の小さなバーへ。お上品なホテル勤めから、不良少年たちに「オカマ」と罵《ののし》られ、追い回されるようになるまで、どんな経路をたどったのだろう。

自分の人生も、父と面会した時点で大きく動いた。

あの場所から自分が今いる場所までたどってきた道筋をも、考えてしまう。けっして交わりそうもないのに、この公園が、二人の人生の二度目の交点となった——。

大悟は、気合いを入れるように、自分の頬をぱんと叩いた。足は、駐車場ではなく、酒井町《さかいまち》の裏通りに向かった。

車で来たときも思ったが、初めての人間にはわかりにくいところだ。繁華な飲み屋街から、横道に折れただけで、急に人気《ひとけ》がなくなる。

地元民の大悟も、この界隈《かいわい》にこんな店があるとは知らなかった。

——位置的には……花屋の裏あたりだな。

電飾スタンドに、淡い灯がともっている。今夜は営業しているようだ。

年季の入った木調のドアには、頭の位置にステンドグラスが嵌《は》まっていて、内部の光が温かくこぼれだしてくる。

よく磨《みが》いてはあるが、光沢《こうたく》も鈍《にぶ》くなった金色のノブを回して開けると、内側に吊るされていた数本の金属棒が、リリンと澄んだ音をたてた。

店内に踏み込んでの第一印象は、バーにしては明るい、ということだった。

正面にL字型のカウンター。椅子は六脚。ほかには、壁ぎわに四人がけのテーブルがひとつだけ。カラオケ・ジュークボックスの類《たぐい》も置いていないようだった。

「いらっしゃい」

カウンターの内側からにこやかに声をかけてきたのは、かなり年配の男だった。半分以上白髪で、頬と額に深い皺《しわ》を刻んでいる。肌の色艶《いろつや》はいい。枯れた感じと洒落《しゃれ》っ気《け》とが、いい具合に交じり合って味がある。

その横で、氷をクラッシュしているのが、あのときの男だった。ロイヤルフォートの氷川。

間違いない。

この姿を最初に見ていたら、すぐ気がついただろうと思う。

ホテルラウンジでは、黒いスーツに蝶《ちょう》ネクタイで、髪はほとんどオールバックにしていた。

今は、やや伸びすぎた前髪が、眉《まゆ》にかかっている。白いシャツに黒いジレ、袖《そで》を無造作にまくっているのも、この店の気取らない構えに合ってはいる。

端に男がひとり座っているカウンターに行こうか、それともテーブル席に。

思案していると、

「この店は、初めて？　どなたかのご紹介ですか？」

年配のバーテンダーが、にこにこと話しかけてきた。

横合いから、氷川が口を挟《はさ》む。

「私の……知り合いです」

「そう。じゃあ、青磁《せいじ》くんにお任せで」

氷川はうなずいて、目で自分の前のカウンター席を示す。

大悟が高い椅子に腰をかけたところで、年配の男は時計をちらと見て、氷川に声をかけた。

「あ、そろそろ、いいかい」

「もうヘルパーさん、帰る時間でしたか」

「そうなんだよ、こないだの判定で介護度が下がってねえ」

老人は、上着を羽織って出ていく。

それで帰心《きしん》を誘われたのか、カウンターにいた男も、勘定を済ませて立ち上がった。

大悟は高い椅子の下で、足を組み替えた。氷川と二人っきりになってしまった。なんだか落ち着かない。

「あのおじいさんは？」

「オーナーです」

短く答えて、大悟の前に氷水の入ったグラスを置く。

「じゃああなた、雇われマスターってわけ？」

「いえいえ……マスターはオーナー自身です。私はヒラのバーテンですよ」

丁寧《ていねい》な言葉遣《づか》い、へりくだった態度。先日とは大違いだ。今日の自分は、店の客だからだろうか。

慇懃《いんぎん》な態度なのに、ざらざらした不快感を覚えるのは、なぜだろう。自分を卑下《ひげ》した物言いが、逆に敵意と警戒心を感じさせる。

来るべきではなかったか、と思った。礼をすると言ったのは、社交辞令だったのではないか。結局は認めたものの、博多《はかた》のホテルにいたことは、彼にとって、触れてほしくない痛点なのかもしれない。

こちらを見ていた氷川と、目がかち合う。相手は口元だけで微笑《ほほえ》み、

「で、何になさいますか」

それに応《こた》えるように、ぐうっと腹が鳴った。今日は、二つのクラブで合計四つのグラスをこなしている。食べ盛りの中高生ほどではないが、全身が熱量を欲していた。

氷川はくすっと鼻を鳴らした。営業用ではない、自然な笑いだった。

「何か食べるもの、お作りしましょうか」

「え、いいの？」

大悟は現金に喜んだ。

バーで食事ができるとは、思っていなかった。あのトップラウンジでは、ホテル内のレストランから料理を取り寄せていたようだけれど……。

この店は、バーといっても、スナックのような位置づけなのだろうか。

「よかった。車なんで、酒はちょっと」

じゃあ何しにバーに来たんだ、といわれたら返す言葉もない。氷川自身に興味を覚えて、などと言ったら、よけいに警戒されそうだ。

冷蔵庫や棚《たな》をのぞいた氷川は、困ったように呟いた。

「参ったな。パンもパスタも底をついてる」

ふー、と吐息をつくと、大悟をちらりと見やり、

「まあ……図体《ずうたい》のでかい子供だと思えば」

ぶつぶつとひとりごち、なにやらかき混ぜたり、フライパンを熱したり、忙しく動き回る。

やがて、ふんわり甘い匂《にお》いが漂《ただよ》ってきた。

鼻をひくひくさせていると、黄色いホットケーキがパスタ皿に載って出てきた。茶色のシロップがかかっている。

「ミックスを使ってないので、あまり甘くないですよ」

「わお。メープルシロップ！」

嬉しくなって、大悟は子供じみた声を上げた。

「ノンアルコールのカクテルを所望されることもあるので、バニラやメープルシロップも置いてあるんです」

シロップとバターを塗《ぬ》りたくり、ホットケーキの切片を口に運ぶ。懐かしい味が、口いっぱいに広がった。

「う・まーい！　小学生のころ以来だなあ、母さんが休みの日によく焼いてくれたっけ……」

明るい午後の陽射し、台所に立つ母の後ろ姿、たちこめる甘い匂い。ささやかな幸せの思い出が、胸に溢《あふ》れる。

洗い物をしていた氷川が、ふと顔を上げた。

「うちは、バースデーケーキがそれでした」

「え？　ホットケーキが？」

「姉と二人、親戚《しんせき》の家に厄介《やっかい》になってて、肩身が狭《せま》くて。誕生日のケーキなんか、ねだれる雰《ふん》囲気《いき》じゃないですから。姉が、ホットケーキを三段重ねて、メープルシロップをたっぷりかけて、絵本にあるようなのを作ってくれました」

口の中で、ホットケーキはほろりと崩れた。シロップの癖《くせ》のある甘みが絡んで、頬がきゅんと引き締まる。同時に、じわっと切なさがこみ上げてきた。

氷川はうっすら微笑んでいるが、これは、単なる「いい話」ではない。ホットケーキが母の

味ではない、ということ。誕生日にケーキも買えなかったこと。不遇な子供時代を物語る、ほろ苦いエピソードだ。

思えば、初対面でこの人は、親のない身の上だと打ち明けてくれた。自分が父親と揉《も》めているのを見ていたからとはいえ、あまり人に晒《さら》したくない、ネガティブな個人情報だろうに。

今も、飾らない微笑みとともに、それを差し出してくるということは、自分に隔《へだ》てを置いているというわけでもないのか。

やっぱり来てみてよかった、と大悟は思った。

「今日は車を置いてきたよ」

カウンター席に座るなり、大悟は宣言した。

この店に来るのも、三度目だ。

バーなのに、ケーキを食ったりノンアルコールのドリンクを飲んでばかりでは、バーテンダーも腕の振るいどころがないだろう。

たまにはじっくり飲みたいと、朝からそのつもりでバス通勤してきたのだった。

氷川は、「お任せで?」と訊《き》いてきた。

大悟がうなずくと、すぐに調製にかかる。冷凍庫から透き通った氷を取り出して、アイスピックで砕《くだ》き始《はじ》めた。

シェイカーは使わず、グラスで直接混ぜるつもりのようだ。いろいろな方法があるのだな、と感心してしまう。

「どうぞ。ジュレップです」

ロックグラスの底を支えた薬指がするっと抜けて、コースターごと手の間から滑《すべ》らせるように、大悟の前へ二本の指で押し出してきた。

重いカットグラスには、クラッシュした氷にウイスキーとミントソーダが注いである。喉ごしがいい。つい、一息にくいっと呷《あお》ってしまった。

ぷはっと息をついて、

「一気飲みしちゃったよ」

「暑そうでしたからね……。あまり強くなくて渇《かわ》きを癒《いや》せるものを、と思いまして」

「強くても平気だけど」

未成年ではあるまいし、そういう気遣いは無用だ。最初にホットケーキなぞ喜んだから、子供扱《あつか》いされているのだろうか。

「いえ」

氷川はにこりと頬をゆるめた。

「早く酔《よ》いすぎると、バーで過ごす時間が短くなります。軽いものからお楽しみください」

「長居してもいいんだ？」

長居するつもりで来たくせに、そんな軽口を叩いてしまう。

「水曜は客が少ないですからね。にぎやかしに」

言葉遣いは丁寧なまま、少々意地悪な切り返しが来る。三度目ともなると、常連扱いのようで、なんだか楽しい。

マスターは今日は休みで、他の客はテーブル席で勝手に盛り上がっている一グループだけだから、氷川を独《ひと》り占《じ》めしているようで、なおさら愉快《ゆかい》だった。

いろいろなカクテルやワインを楽しみ、ふわっと酩酊《めいてい》してきたところで、氷川は「締めの一杯」を勧めてきた。

「仕上げはこれで」

大悟はくんくんと鼻をうごめかした。

「なんか、日本酒っぽい匂いが」

芳醇《ほうじゅん》な香りに、麹《こうじ》と檜《ひのき》の風味が加わっている。

「米焼酎《こめじょうちゅう》に、フレッシュライムジュースとライムビールを合わせました。『ラストサムライ』という、老舗《しにせ》バーのオリジナルです」

ますます気分がいい。サムライ、だなんて、自分を武人扱いしてくれているようではないか。

「そういうの、全部名前があるんだっけ？　『母の涙』覚えてるよ」

酔いが回ったせいか、氷川がホテル時代をなかったことみたいにしているのを忘れた。

「あのときは、本当にありがとう……」

言いかけるのを、氷川は堅苦《かたくる》しい調子でさえぎった。

「別に、あなたのためにしたことではありません。場の雰囲気を守るのは、バーテンダーの責務ですから」

取り付くシマもない。

ホテルラウンジのことは、やはり地雷なのか。持ちださなければよかったのか。

そんな迷いを、胸のうちから溢れる思いが押し流す。

「それでも……俺はありがたかった」

氷川の後押しがなかったら、あの会見は惨憺《さんたん》たるものになっていただろう。おそらく、一生に一度の父との対面だったのに。

「俺、心のどこかで父親を求めてた。なのに若気の至りで、父を傷つけ、自分も傷つくところだった。助けてもらったと思ってる。親父とは、今でも疎遠《そえん》だけど」

「いいじゃないですか、疎遠でも」

氷川はまた、遠くに焦点《しょうてん》を結ぶ目をしていた。

「どんな親だろうと……あなたにはまだ、父親がいるんですから」

本当に独りなわけじゃない、と言いたいのか。わかっている、自分の方が恵まれているのだろう。

そのとき、ふいに頭に浮かんだのは。

「ホットケーキ」

「え？」

「あんたにも、いるじゃないか、家族が。ホットケーキのお姉さんは、元気？　今、どこにおるの」

氷川の顔色が変わった。

「それが何か」

刺々《とげとげ》しい視線にたじろぎながら、

「え、いや、何って。どこでどうしてるのかなー、と」

氷川は、形のいい唇をくっと噛んだ。

「借りがあるからって、そこまであなたに晒さなくてはいけないんですか」

大悟は驚いて、何も言えなかった。

——借りだって？

自分のことを、客としてだけでなく、受け入れてくれているとばかり思っていたのに。あの思い出話も、助けられたことへの返礼だったというのか。

胃のあたりがじくじくと痛む。この人に嫌われたり憎まれたりするより、義務的に応じられていたという方が、なんだか嫌だ。

たとえマイナスの感情でも、自分に対して心が動いてくれていればまだしも……。

いや、心が動いていないはずはない、と大悟はしいて思い直した。

ホットケーキのことを語ったときの氷川は、思い出のアイテムを共有しようとしてくれた。

さっきだって、馴れ合いといえば言葉は悪いが、客と店員の枠を越えて、心を開いてくれていた。

今、それが閉ざされたのだとしたら、自分が無神経にも彼を傷つけたのだ。何がそんなに彼を苛立たせたのか。自分はいつ、踏み入ってはいけないラインを越えたのだろう?

それを問いただしたい衝動を抑えて、大悟は勘定を済ませた。

地雷を避けるには、どこにそれが埋まっているか知る必要がある。氷川のことを、自分は部分的にしか知らない。この人のことをもっと知りたい。見えない心情を読み取りたい。

そう思うそばから、下手に探りを入れて、また地雷を踏んだらシャレにならないとも思う。

大悟はこれまで、人づきあいで、そんなジレンマを感じたことはなかった。自分はいつから、こんなにぐじぐじした男になったのだろう。

それでもいつかは彼の心の立ち入り禁止区域に、招き入れられる自分になりたい。

ただ、その願いは、現時点では、とほうもない高望みに思われた。

あの無遠慮《ぶえんりょ》な邦光大悟《くにみつたいご》という青年によって、姉のことを思い出したというわけではない。それは、ずっと、青磁《せいじ》の心に引っかかっている。

高校卒業後、姉は青磁を連れ、親類の家を出て働いた。始めはファミレスのウエイトレスなどしていたが、やがて夜の商売に鞍替《くらが》えした。

姉が勤めていたクラブで、高校生だった青磁は「バーテンダー」という職業に出会い、憧《あこが》れるようになったのだ。

当時、水商売の女が襲われる事件が頻発《ひんぱつ》していたので、青磁は毎夜、姉を迎えに行くことにしていた。あるとき裏口で待つうち、雨が降り出した。顔見知りの女が、客も少ないから店の中で待つようにと招き入れてくれた。そして、カウンターに立つ初老の男が、見事な手技で客の要望どおりのカクテルを調製し、酒脱《しゃだつ》な会話で相手をするのを見て、感銘《かんめい》を受けた。

酒場の華《はな》は、着飾った女たちだけではない。背筋の伸びたこの老人の、指の爪《つめ》の先まで緊張感のある立ち居ふるまい、それでいて相手をくつろがせるもてなし、酒についての豊富な知識と話術に、青磁は惚《ほ》れこんだ。

高校を卒業したらクラブで働きたい、バーテンダーになりたいと言い出した青磁に、姉は当初「あんたまで水商売に入ってどうするの！」と反対だった。

だが、青磁の決意が固いのを知ると、「どうせなら、ちゃんと勉強しなさい」と、ホテル系の専門学校へ行かせてくれた。

青磁もアルバイトをして、生活費は入れたけれど、専門学校の納入金は高校と違って半期分を一括《いっかつ》納入しなくてはならない。まとまった金額になると、姉に頼らざるを得なかった。

そのために姉は、もっと景気のいいクラブへと移ることになった。金払いのいいぶん、同伴や枕《まくら》営業まがいのこともしなくてはならなくて、いきおい生活が荒れてきた。そのうち男ができて、子供ができて、逃げられた……。

そうした流転《るてん》の間も、姉は青磁のよき理解者であり、援助は続けてくれたのだ。卒業後、学校系列のホテルで修行中に、短期ではあるが海外研修に行けたのも姉のおかげだった。

その姉がとんでもない男にひっかかっているると知ったのは、ロイヤルフォートのサブチーフになったばかりのころだった。

親戚《しんせき》を頼って、姉とその幼い娘を、大阪に逃がしてほっとしたのもつかの間、青磁は姉を売ろうとしていた連中に、ホテルから退勤するところを拉致《らち》されたのだ。

姉の居所をしゃべれと脅され、暴行された。殴《なぐ》る蹴《け》るにとどまらず、性的にも蹂躙《じゅうりん》された。姉に似た端整な容貌《ようぼう》が、男たちの嗜虐心《しぎゃくしん》を煽《あお》ったのかもしれない。

口に突っ込まれたとき、青磁は抗《あらが》わなかった。相手が一人なら、噛みついてやったかもしれない。だが、一人を文字通り「再起不能」にしたとしても、仲間がいる。下手《へた》をすれば殺されるだろう、と思った。

喉の奥に生臭《なまぐさ》くいがらっぽいものが叩きつけられ、えずくと「きったねえ」と蹴り飛ばされた。そして最後には、下肢《かし》を暴かれ、貫かれた。

何人もの男にいいようにされ、ぐったりしていると、

「ちいと元気づけてやるか」

ぐいと腕が捻《ひね》り上《あ》げられた。ゴム紐が腕に巻きつく。チクリと針《はり》が刺さって……わけがわからなくなった。

意識がはっきりしたときは、ひどく喉が渇《かわ》いていたのを覚えている。

なんとか逃げ出せたのは、連中が青磁を嬲《なぶ》るのに飽《あ》きて、監視が緩《ゆる》んだからだった。

自分のマンションに帰るのは危ないと思ったが、とりあえず休みたい、汚《よご》れを洗い流したい、と重い体をひきずって戻ってみると、職場の先輩が、ドアの前に立っていた。無断欠勤が一週間も続いたので、様子を見にきたらしかった。

安堵《あんど》したからか、青磁は先輩の前で気を失い……それで終わりだった。

全身に残る暴行と覚せい剤使用の痕跡《こんせき》。青磁は気の毒な被害者である以上に、一流ホテルにとっては醜聞《しゅうぶん》の火種になりかねなかったのだ。

ホテルを追われてひと月ほどの間、どこでどう生きていたのか、今でもよく思い出せない。

少しばかり現金があれば、生きるだけなら生きられる。それはきっと東京あたりでもそうだろうが、地方ではずっと安く上がる。

だが、もうまともなところでは雇ってもらえない、とわかっていた。同業他社への転職では、前職を辞めた経緯《けいい》は根掘り葉掘り追及されるだろう。口にするのもはばかられる、その理由を。

それこそ「場末のバー」くらいしか、青磁がバーテンダーとして生きる場所は残されていなかったのだ。

いつのまにか、隣町の北九州に流れ着いた。大阪だの東京だのまで逃げるほどの気力は、青磁にはなかった。

盛り場をあてもなくうろつくうち、雨に降られて、飛び込んだ店が、『難破船』だった。その名に自虐的《じぎゃくてき》なものを感じて、青磁は陰険に微笑《ほほえ》んだ。

自分は、羅針盤《らしんばん》を失い、舵《かじ》を破壊され、あてどなく漂流する船だ。もうひと嵐きたら、転覆《てんぷく》するに違いない。いっそ、光のささない深海の底に沈《しず》んで、静かに朽《く》ちていきたい……。

店の主人は、そろそろ七十に手が届こうかという年配のバーテンダーだった。

「何にしましょう」

「軽いものを……ビールで何かカクテル、できますか」

平凡なグラスに注がれて出てきたのは、白ワインとビールの、これまたよくあるカクテルだった。

――爽《さわ》やかな酸味は、レモンジュースだろうか？

そんな分析もそこそこに、青磁はたった一杯の酒で眠りこんでしまった。なぜかそこは、久しぶりに安心できる空間だったのだ。

どのくらい眠っていたのか、遠慮がちに起こされた。

「すみません、もう閉店なんで」

すごすごと立ち上がる。

これからどこへ行こう？　また幽霊船のように漂《ただよ》っていくのかと、肩を落として出ようとしたとき。

「この店を気に入ってくださったようですが……どうです、いっそうちで働きませんか」

カウンターから出てきた老店主は、いたって真面目《まじめ》な顔をしていた。

青磁が返事もできずにいると、

「バーテンダー、やってらしたでしょう」

その目は、青磁の右手に注がれていた。中指には、ステアのさいのスプーン胼胝《だこ》ができている。

さらに青磁の風体《ふうてい》から、職のない男、帰る家もない男とわかったのだろう。しかし、よくそんな男を雇う気持ちになってくれたものだ。

マスターは、どこか、あの青年に似ている。少年たちにいたぶられていた、素性《すじょう》も知れない男をためらいなく自宅に連れ戻った、邦光大悟と。

マスターとともに店を切り盛りしていた妻は、体を悪くして介護の必要な身だ。だから、もう閉めてもいいと思っていた店なのに、青磁の腕を惜しんで今まで続けてくれている。感謝してもしきれない。

その一方で青磁は、邦光という青年には、感謝とは微妙に異なる、複雑な感情を抱《いだ》いているのだった。

「ところで、マスター。どうして『難破船』なの？」

常連客の一人が突っ込んだ。

たしかに、バーの名前としては、あまりセンスがよくないような、と大悟《たいご》は思った。

「まあ、今にも沈《しず》みそうなボロ船だ、ということもありますが」

大丈夫だぞ、マスターが沈むのが先だぞ、と笑えない援護が入る。

氷川《ひかわ》はつねに礼儀正しく、距離感を踏みはずさない完璧《かんぺき》な接客をするが、それが災《わざわ》いして今ひとつ取っつきにくい。

ひきかえ、マスターのざっくばらんな応対は、その温かい人間性そのもので、マスターがカウンターにいるとき、店内はおおいに盛り上がるのだ。

マスターも、そんな客たちと接するのが楽しそうだ。

カウンターに両手をつき、詩の暗誦《あんしょう》でもするように朗々と、

「ここでは酒を楽しみ、会話を楽しみ、ちょっと美味《うま》いつまみを楽しみ……」

大悟は心の中で、氷川のホットケーキを思った。あれは、自分だけの特別なレシピだ。

「美形のバーテンダーで、目の保養もできるしな」

近くのクラブのホステスを連れてきた男が、チャチャを入れる。うふん、と化粧の濃い若い女が笑った。

ホモっ気はないくせに、そういうのが受けると思っているのだろう。

――まあ、目の保養になるのは、否定しないけど。

三年前、ホテルにいたときより、氷川は色香がまさっているように思う。ヒビの入ったグラスが、切子《きりこ》のように光を乱反射させる。そんな美しさだ。

あのころの氷川は、磁器の金属的な輝きを放っていた。今の彼は、つや消しをかけられたように、鈍《にぶ》い光沢《こうたく》を内に抱《かか》えている。それがかえって、独特の艶《つや》を生んで……。あぶない色気、というやつだろうか。

そんなことを考えている間も、マスターの長広舌《ちょうこうぜつ》は続いていた。

「で、ありますから……ここでは、恋愛沙汰《ざた》はご遠慮《えんりょ》願いたいわけです」

思わせぶりに一拍おいて、マスターは締めくくった。

「ですから、ナンパはせん、と」

店内は、どっとわいた。

「ひでえ」

「そんな落ちかよ」

氷川は、アルカイックな微笑を口元に刻んで、フルーツをカットしている。

大悟は、学校で質問するように手を上げた。

「じゃあ、ついでに」

「バーテンダーの語源は？　バーとテンダーで……バーにいる、優しい人？」

今度の笑いは、やや小さかった。

「ちっとも優しくないわよ」

ときどき独《ひと》りで顔を出す、スナックのカウンター嬢《じょう》、といったタイプの女が氷川に絡んだ。

「あんたさあ。この店に来て、もう一年くらいになるよね。なんでいつまでも、他人行儀っていうか、そういうシャベリなん？」

「そういう、と言われましても、困ります」

全然困っているようには見えない。女はカンのたった声を上げた。

「なんか、バカにされてるみたいな気がするんよ！」

どうも悪酔いしているようだ。

大悟にも、彼女の気持ちが少しはわかる。

名前のとおり、氷川は氷の女王のようだ。けっして礼儀知らずでも酷薄《こくはく》でもないけれど、人との間に線を引いて、そこから出てこない。すべてが教本どおりというか。

だが自分は彼の素《す》の顔を知っている。不機嫌をあらわにするのも、皮肉な受け答えをするのも、自分に対してだけなのではないか。

奇妙な優越感がわいてきた。

「この人ね、店の外では別人ですよ」

大悟の割り込みに、何を言い出すんだという顔をしたのは、客たちだけではなかった。氷川自身も面食らっている。

「タメ口になると、輪をかけて無愛想なんだから。営業スマイルでもいいじゃないすか、笑ってくれるだけで」

女は毒気を抜かれたていで黙り込んだ。

しばらくして帰る大悟を戸口まで送った氷川は、小声で突っ込んできた。

「あんなフォローがありますか」

「へえ。フォローとは認めてくれるんだ」

睨《にら》み返《かえ》す顔はやはり、作った笑顔よりよほど魅力的だった。

バス停まで歩きながら、大悟は考えていた。

バーの仕事は、人嫌いじゃ務まらない。だが、彼はじつのところ、人間嫌いなんだろうか？　接客の基本を、厳格《げんかく》なまでに崩そうとしない。その「形」の中に逃げこんで、自分を出さないようにしているみたいだ。

氷川は本来、ああいう人ではないと思う。

そうだ、ホテルのラウンジで先輩のバーテンダーに見せていた、茶目っ気のある表情。自分が礼を言ったときの、はにかんだ微笑《ほほえ》み。年上なのに、可愛《かわい》いとさえ思わせる人間味があった。

それに、ホテル時代から氷川は、男に嗜好《しこう》をもっていたのだろうか。どうも、そんな気がしない。

ではあの後、何かがあった。よほどのことが。そうでなければ、あの一流ホテルの職を捨てて、こんな……といっては悪いけれど、バーとも言えないような横丁のスナックで半端なバーテンダーに甘んじているわけがない。

そこまで考えて、大悟は自問した。これ以上、掘り下げていいものだろうか。それこそ、プライベートに踏み込みすぎでは……。

いつのまにか、あの公園の横に来ていた。大悟は足を止めた。

あのとき、ここを突っ切らなければ、氷川との再会はなかった。見ぬふりをして行き過ぎれば、無縁の人だった。

もし自分が大人としてそれなりの自信をつけ、ロイヤルフォートのようなところに出入りできるようになったとして。その時点で、彼はもうそこにいなかったわけだ。

そうすると、これは……。

――運命的な恋？

ふっと浮かんできたフレーズだった。大悟は、誰が見ているわけでもないのに、ぱっと赤面した。

「運命」はわかる。人生は、数え切れないほどの偶然の重なりだ。その結果、思いがけず氷川と再会し、こうして何度も顔を合わせている。

だが、「恋」とは。どこからそんなたわごとが、この頭に紛《まぎ》れ込《こ》んだのか。

そういえば、ここは、氷川が男とデートしていた場所だ。その記憶が、おかしな連想を呼んだのかもしれない。だとしたら、自分は少々単純すぎる。

大悟は一つため息をついて、大股に歩きだした。


『難破船』の閉店は、午前四時。店内の片付けをし、明日の――もう今夜だが――の仕込みをすると、すぐ五時になる。

その後、青磁《せいじ》は、ビルの隙間を抜けて表通りにゴミ捨てに行き、カラスよけのネットをかぶせた。

飲食店の多いこの界隈《かいわい》では、ゴミをいい加減に放り出していく不心得者が跡を絶たない。夜明けの道に、ポリ袋から突つき出された生ゴミが散乱して、暑さの中、むっとする臭《にお》いを放っている。

こんなことは、ホテルでは経験したことがなかった。

それでも、この町に来てからは、不満を持たずに生きてきた。そう、ただ生きていただけだった。

今は、ふと泣きたくなる瞬間がある。あいつのせいだ。ロイヤルフォートのことなど、思い出したくなかったのに。

『あんた、博多《はかた》のホテルにおらんかったか?』

不意打ちだった。知り合いなどいるはずのない町で、有名人でもない自分が誰かに見つけられるとは思ってもみなかった。

こんな屈辱《くつじょく》があるだろうか。オカマ狩りにあって、見苦しいザマをさらした相手に、過去の華々《はなばな》しい経歴を知られているなんて。

はじめは本当に、彼がわからなかった。

ラウンジに父親と来ていたあのとき、邦光《くにみつ》大悟という青年は、二十歳そこそこだったと思う。まだどこか少年めいた、いわば心に産毛《うぶげ》を残した青年だった。

突っ張る意地と、甘える素直さ。

その可愛さに、つい、要《い》らぬお節介をしてしまった。そして、そのことが心の負担にはならなかった。だから、後でもう一度彼が戻ってきたときは、嬉しかった。思わず、自分語りをしてしまうほどに。

あのときの青年は、曇《くも》りのない瞳をしていた。だが今は、人生の苦みを知らないでもないような成熟した眼差しを、能天気なお人よしの顔に、ちゃんと備えている。若さゆえの傲慢《ごうまん》にも似た直情と、老成した懐の深さのアンバランスが魅力的な……。

彼は今夜は来るだろうか、と考えている自分に驚いた。

来ればいらつくし、来なければ何か忘れ物でもしたようで落ち着かない。

青磁はぶるんと一つ、首を振った。

待ってなんかいない。邦光大悟には会いたくない。

彼は、過去からの風だ。いたずらできまぐれな、残酷《ざんこく》な風。青磁を揺すぶって、もうたいして葉も残っていないみじめな枯れ木から、なけなしの葉を落としてしまう。

まっすぐに立っていた。輝かしい未来を信じていた。道は常に登り坂だと思い込んでいた。そんな自分へのむかつきといとおしさが、あの男によって、どうしようもなく掻《か》きたてられる。

それが嫌なら、なぜ店に呼んでしまったのか。あくまで素性《すじょう》を隠し、なけなしの金でも礼に握らせて済ませることもできたはず。そんなものを受け取る男でもないと思うが、それで怒ってくれれば、終わりにできた話だ。

なんの未練があって、自分はあの男をテリトリーに呼び込んでしまったのか……。

「おはようございます、お疲れさまでーす」

このうらぶれた夜明けの街角には似つかわしくない、若々しい元気な声に、青磁の黙考は破られた。

驚いてあたりを見回すと、黄色いパーカーの青年たちがあちこちに動いている。

その中から走ってきたのは、邦光だった。

「おはよう！　氷川さん」

外では愛想が悪いと言われたことを思い出し、どうやら笑顔で応《こた》える。

「おはようございます。……いったい、今時分、どうして」

「夜回りじゃなくて、朝回りなんすよ。最近、ゴミのこと、問題になってるもんで」

これも、彼らのボランティア活動の一環《いっかん》ということか。大悟も、手に金バサミを持っている。

「……ありがたいね。毎朝、ひどいんだ、ここ」

それが感謝か称賛に聞こえたのか、大悟は顔を輝かした。

「ほかにも困ったことがあったら、何でも言ってください。力になれることもあるから」

「不足はないよ。店の客はおおむね、気持ちのいい人たちだし、仕事にも職場にも恵まれたと思ってる」

うんうんとうなずく顔に、微妙にむかつく。青磁は底意地の悪い言葉を投げた。

「ただ、それがどうした？　って思うけどね」

ショックを受けたような表情に、いっそう嗜虐心《しぎゃくしん》がわいた。

世間知らずとは言わないが、明るい場所で正義の味方を気取っていられる、爽《さわ》やかな好青年。

一方、自分はといえば。

どんなに腕を磨《みが》いても、真心をこめて客に接しても、無法な連中にいいようにされたというだけで、何もかも失《な》くす。誰も、自分がいなくても困らない。すぐに忘れられてしまう。

「いなくなればすぐ次が来て、前のは忘れる。バーテンダーなんか、誰でも同じだ」

青磁は、足元に転がってきた空き缶を、ゴミステーションに向かって蹴《け》り飛《と》ばした。


夜回り活動は、駅前の待機所――テナントが撤退《てったい》した空《あ》き店舗《てんぽ》――に集合して、数人のグループごとに出発する。

「出動日」はまちまちだ。手弁当のボランティア活動は、あまり枷《かせ》をかけない方が長続きする、という創始者の理念による。そういうガチガチでないところも、大悟《たいご》の気に入っている。

この活動が発足したのは、五、六年前、犯罪まではいかないような地域のもめごとが激増したときだった。

もともと喧嘩《けんか》っ早い人間の多い地域だが、このところ、素人《しろうと》とやくざの棲《す》み分《わ》けがあいまいになってきて、いろいろとトラブルが起こる。

少年同士の小競り合いや、悪質ないたずらといった問題なら、民間人でもある程度対処できるし、こうした活動が人目に触れることで、一般の人々に少しでも街の治安に関心を持ってもらえれば、という狙《ねら》いもあって、始まったのだった。

隊員は地元商店のジュニアが主力で、青年会議所とリンクしている。あとは大学生や、武道をやっている若者だ。大悟はその腕を重んじられ、二年目にしてサブリーダーの地位を与えられている。

大悟が着いたとき、待機所には顔見知りの大学生数名と、もう一人のサブリーダーである、理髪店の竹末《たけすえ》が来ていた。

「警察署から、お達しがきとうよ」

お達し？　とオウム返しで、竹末から渡された書付《かきつけ》に目を通す。

「『よまわり隊は、分《ぶ》をわきまえて行動されたし』だって？　何のこっちゃ？」

大学生たちが、口々に文句を垂《た》れる。

「要するに、『本物』には手を出すなってことだろ」

「素人は素人だけ相手にしとれってか」

「そんなこと言うたって、自分たちだってヤクザをどうもできんのやん。御礼参り、いまだに阻止《そし》でききんくせして」

ひとしきり警察批判をしたあげく、学生たちはパトロールに出て行った。

大悟は、今夜は待機所詰めだ。手持ち無沙汰《ぶさた》で、誰かが置いていった雑誌をめくっていると、

「ちょっとちょっと、邦光《くにみつ》さ〜ん」

声をかけてきたのは、中林《なかばやし》酒店の息子だった。

飲み屋街の景気は酒屋にとって死活問題だからか、ことに活動に熱心だ。

気の弱い小太りの青年で戦力にはならないが、仲間うちの飲みに酒を差し入れてくれる、ありがたい存在なのだった。

「このごろ、つきあい悪いよね？　ひいきの店ができたとか聞いたけど。いい子がおるん？」

丸顔をいっそう丸く見せるニヤニヤ笑いを浮かべて、すり寄ってくる。

「ねえ、教えてよ。どんな女の子？」

大悟は真っ正直に返した。

「女のいる店じゃないよ」

ちょっと考えて、

「うん、女は……いないな」

「なんだよ、その微妙な間は」

たしかに、夜の店に通い詰めるといったら、普通は女の子が目当てだろう。

自分はもともと飲めなくもないが、特に酒好きというほどでもない。それがこのごろは、三

日にあげずバーに通っている。

はたから見たら、好きなコでもできて、と思われるのも、無理はないかもしれないが……。

遊び人と評判の中林は、しつこく食い下がってくる。

「女目当てでなきゃ、なんとなく落ち着く店だとか？」

『難破船』は、たしかにそういうコンセプトの店ではあるのだが。大悟は首を振った。

「いや、むしろ、落ち着かないいな」

頭の中には、つれないバーテンダーのとりすました顔が浮かんでいた。

「なんだそりゃ。わけわからん」

それはそうだろう。自分にだってわからないのだ。

あの男に、なぜ会いたいと思うのか。会ったって、必ずしもいい気分になるわけじゃない。

それどころか、焦ったり、いらついたり、自分が馬鹿に思えたり、とにかく疲れる。

なんだろう、心のやわらかい部分を薄い爪《つめ》で軽く引っかかれているような、このもどかしい痛みは。

それを表現するのにぴったりな言葉が、追いやられていた頭の片隅から、したり顔で這《は》い出《だ》してくる。大悟は、慌ててそれを押し戻した。

「……俺にもよくわからないんだ」

二人は顔を見合わせ、なんとなく笑った。

「エアコン故障につき臨時休業」

『難破船』のドアには、マスターが書いたのか、達者な毛筆の貼り紙があった。

九月に入ったとはいえ、残暑は厳しい。狭《せま》い店内で、エアコンが使えないのでは、休業もしかたないだろう。

がっかりして立ち去ろうとすると、背後で気配が動いた。灯りをこぼさぬまま、ドアが開く。

大悟は、とっさに細い路地に飛び込んだ。

氷川《ひかわ》が私服で出てきて、うつむき加減に歩き出す。大悟は少し離れて、後を追った。

氷川は、酒井町《さかいまち》の反対側のはずれに向かっている。ブロックを五つばかり過ぎて、角を曲がった。

慌てて追いすがる。目の前のカフェバーめいた店に、氷川の細身がちょうど吸い込まれたところだった。

鋼色《はがねいろ》のドアの外で、大悟はしばらく様子をうかがった。遮音性《しゃおんせい》の高い構造なのか、かすかに音楽が漏れているが、その種類まではわからない。

大悟は思い切って、ドアを開けた。にぎやかなジャズが、がんがん響いている。中は薄暗かったが、客の入りは多いようだ。

ふと気づくと、まわりの客は男ばかりだった。

「男の隠れ家」を標榜《ひょうぼう》する『難破船』でも、会社帰りのＯＬや近くのクラブの女の子が、毎日誰かしら顔を出す。

ここは百パーセント男だ。異様な雰囲気《ふんいき》だと思った。周囲から刺さる視線が熱い。

「見ない顔やね」

声をかけられて振り向くと、唇にピアスを光らせた、二十歳ばかりの眉《まゆ》の細い青年が微笑《ほほえ》んでいた。

「カレ、顔はカワイイのに、いいカラダしてるやん？」

ねっとりした口調で擦《す》り寄《よ》ってくる。大悟は困惑して、目を泳がせた。

そのとき、反対方向から、ぐいっと腕を引かれた。眦《まなじり》を吊《つ》り上《あ》げた氷川がそこにいた。

何を怒っているのか知らないが、その顔は凄絶《せいぜつ》に美しい。

「その気もないのに、こんなところに来るな」

低く叱《しか》ると、人波をこじあけるようにして、大悟を外に連れ出した。

「その気って」

「ここはそういう……つまり、同類の集まるところだ。みな、相手を探しに来てる。誘われて相手をする気もないのに、フェロモン振りまくのはマナー違反だ」

「フェロモン？　相手って」

今度は自分で気づいた。

「あ。男の、恋人を？」

「恋人とは限らない」

公園で少年たちから助けたときも、氷川はそんなことを言っていた。一夜の相手でもいい、ということか。

「いや、俺、そんな」

わたわたするのを、氷川は冷たい目で見すえてきた。

「スポーツマンがその筋に好まれるというのは、有名な話だと思ったけどな」

えええ、と大悟はのけぞった。

「何、じゃあ、あの連中、俺をそんな目でっ⁉」

なぜか声が裏返ってしまう。

「も、もしかして、俺ってあんたにとってもタイプなの？」

氷川はにこりともせず、返してきた。

「俺にはタイプなんかない。別に誰でもいい。ヤバそうなやつでなければ。どうせ一度きりだ」

公園で逃げた連れは、ここで調達したのかと納得する。

いや、納得してる場合じゃない。あんなことがあったのに、氷川は行きずりめいた情事を止《や》めてはいないのか？

「どうしてそんな。きまった恋人はいないの？」

責める口調に対して、氷川は冷ややかに返してきた。

「夜、独《ひと》りでいるのが嫌なだけだからな」

「あ。氷川さんって、寂しがりやさんなんだ？」

かわいこぶって流そうとする大悟を、氷川は、「ふ」と鼻で笑った。

「幼稚な恋愛小説でも読んでるのか。乙女《おとめ》マッチョとは、新しいな」

「お、おとめ……？」

「独り寝がわびしい、カラダが疼《うず》くって言えばわかるか？」

耳がかっと熱くなる。

ふだんは仲間うちで、もっときわどい猥談《わいだん》をしている。だが、それが氷川に結び付くと、性的なことを連想させる単語だけでも、平静を保てなくなってしまう。

そして、相手をとっかえひっかえの安直な行為を、不潔だとか自堕落《じだらく》だとか思うより、ただやりきれなくなった。氷川を軽蔑《けいべつ》したくない。

そっち方面に話を進ませまいと、大悟は鈍感《どんかん》なふりをした。

「一人の時間をもて余してるんなら、俺と遊ぶのは……あ、ああいう場所はナシの方向で。プールバーとかダーツバーとか」

「『バー』とつけば、俺が食いつくとか思ってないか」

鋭い突っ込みだ。さすがに単純すぎたか。

「んじゃさ。外飲みでも、内飲みでも、つきあうよ？」

「欲しいのは友人じゃない」

言い捨てて店内に戻ろうとする氷川に、大悟は追いすがった。この男に、こんな店で一夜かぎりの相手など探させたくない。誰かと闇《やみ》の中に消えていく姿など、想像したくない。

「おい、待てって……！」

氷川は振り向いて、唇を歪《ゆが》めるような笑みを浮かべた。

「放っておいてくれないか？　俺は引く手あまたなんだ」

自慢には聞こえなかった。むしろ捨《す》て鉢《ばち》というか、投げやりな態度で、こう続けた。

「もてても嬉しくないけどな。ゴミひとつ落ちてないところには、空き缶を投げ捨てるやつはいない。誰かが捨ててれば、かまわないような気になるもんだ。それと同じだろう」

何のことだかわからず、ぽかんとしていると、

「もう汚《よご》れてるから、手が出しやすいんだな、きっと」

その自嘲《じちょう》を聞いたとき、かあっと頭に血がのぼった。

「自分で自分を、汚れてるなんて言うな。あんたは汚れてるんじゃない。自分で汚してるんやないか！」

汚す、という言葉の選択に、われながら嫌悪を覚えた。それでも、言わずにはおれなかった。男同士の行為が悪いとは言わない。ただ、自分で自分を貶《おとし》めるような精神の荒廃《こうはい》から、な

んとか目を覚ましてほしかった。

氷川は細い顎《あご》を上げて、憎々《にくにく》しく毒づいた。

「俺のカラダだ、どう使おうと俺の勝手だ」

鋭い哀《かな》しみが突き上げた。

たしかに、彼が誰と何をしようと、自分に止める権利などない。だが、自分は止めたいのだ。彼のためを思って、などという綺麗ごとは、頭から吹っ飛んでいた。

嫌だ、嫌でたまらない。氷川が、誰を相手にどういうふうにそのカラダを「使う」のか、考えただけで喉もとに苦いものがこみ上げてくる。

彼の態度が強がりであり、一種の挑発であると気づいていても、大悟は自分を抑えられなかった。

「あんたは……っ」

拳《こぶし》を振り上げる。もちろん、武道家らしく踏みとどまるすべは身についている。

振り上げた拳は、氷川の後ろの板壁を打った。手首まで、じいんと痛みが来る。くっと息を詰め、氷川に目をやってはっとした。

氷川は目を見開いて、硬直している。頬からは血の気が失《う》せ、呼吸は切迫していた。がくがくと瘧《おこり》にかかったように、震える肩。

「おい……?」

差し伸べた手が、ぴしっと振り払われた。

「触るなっ」

そこに大悟を残したまま、氷川は『難破船』の方向に走って去った。

大悟は、呆然《ぼうぜん》と立ちつくした。

男なら、青少年期にケンカの一つや二つ、経験している。拳を振り上げられたくらいで、あんなに度を失うものだろうか。

そういえば。少年たちの輪の中、小さくちぢこまっていた姿は、情けないというより病的だった。

逃げ遅れたと言っていたけれど、連れの男は逃げられたのだ。家で手当てしてみてわかったが、氷川は動けなくなるほどのダメージは受けていなかった。

あの反応は、もっと前に、激しい暴力にさらされたことがあるからではないか。

もしかして、レイプも……？

夜回り活動の招聘《しょうへい》で、講演に来てくれた思春期外来の精神科医が、漏らした話。

「風俗や援助交際の女の子の中には、性的虐待《ぎゃくたい》を受けた経験のある子があんがい多いの。そんな経験があって、どうして……と不思議だけれど、人間には、過酷《かこく》な体験を繰り返すことで、『なんでもないことだった』と自分に思わせようとする精神機制があるのよ」

氷川が、そんな心理の罠《わな》に落ち込んでいるとしたら。

なんとかして、その負のスパイラルを止められないだろうか。

クサいようだが、氷川にはもっと自分を大切にしてほしいのだ。氷川のしていることが耐え難いのは、彼自身が大悟にとって大切なものになっているからに違いない。

だが、今それを言っても、聞いてはもらえないだろう。

これまで何度も、氷川の神経を逆撫でしてしまっている。

さっきも「汚す」などという言葉を不用意にぶつけてしまった。好んでしていることではないとしたら、どれほど氷川は傷ついただろう。

自分のバカさ加減に愛想が尽きる。

そのうえ、相手の自己否定を止めたかったからにもせよ、暴力を病的に怖れる人に、拳を振り上げたのだ。

ずうんと地の底に沈みこむような重い自責を抱《かか》え、大悟は足をひきずって、その場を離れた。今の自分にできることは、氷川を二度と暴力にさらさない、ということだけだと思った。

メインの仕事場であるミヤコスポーツクラブには、週三日、一コマずつのクラスが入っている。顔なじみの客も多い。

「おはよう、邦光《くにみつ》さん」

「大悟《たいご》くん、だいぶ涼しくなったねえ」

気安い挨拶《あいさつ》に、大悟はいちいち笑顔で返す。

人づきあいが悪くては務まらない、という点は、バーテンダーと同じだ。インストラクターは、スポーツマンにして接客業でもある。

大悟はジャージにポロシャツ、足には上履《うわば》きのスニーカーという姿で、スタッフロッカーを出た。

フロントに近い第一スタジオには、もう十人ほどの会員が入っている。彼らも、大悟と似たりよったりの格好だ。

女性もけっこういる。タイトなレギンスに短いパンツ、というエアロビクスと変わらない服装のおかげで、汗臭《あせくさ》そうな格闘技《かくとうぎ》エクササイズが、なにやら可愛《かわい》い雰囲気《ふんいき》になる。

開始時間にはまだ間があったが、中に入って、音楽をかけた。ＢＧＭにはビートの利《き》いたダンス音楽が合う。たまに、戦闘系のゲーム音楽を使うこともあった。

音楽に誘われるように、次々と外にいた会員も入ってくる。

このクラブでは、大悟のマーシャルクラスは人気で、常時三十人近い男女が集まる。

大悟はヘッドマイクを装着して、鏡を背に立った。

「この中に、マーシャルが初めての方は？」

どのプログラムでも、必ずそう訊《き》くことになっている。

手は上がらない。今日は経験者ばかりのようだ。くだくだしい説明をしないで済む。

「ビヨンドマーシャル」は、基本的にはボクササイズの一種だが、そこに大悟は、十五年修業した空手の技を加味して、より変化に富んだ動きを工夫している。

最初は、生徒に背を向けて鏡に向かう。

「膝をおとしてー。ゆっくり交互に、拳《こぶし》を繰り出します。右！　左！　右！」

準備体操レベルの簡単な動きから、少しずつレベルを上げていく。

「顔は正面、腰、肘《ひじ》を捻《ひね》って、リズムにのせて」

ズン！　ズン！　と腹に響くビートが心地よい。会員たちも乗ってきた。

「体の中心は動かさない！　はい、ここでステップ！」

くるりと振り返り、生徒たちに相対する。ここからは「鏡の動き」に切りかえるのだ。

「突き出した拳を、同じスピードで引く。肘を上げてえぐり込む動き、こうです」

バスケットボールのピボットターンのように、左を軸足《じくあし》に半回転して突きを入れると、回転の勢いが拳に乗る。

男性や筋力のある女性は、拳がひゅっと風を切る音を出すことができて、見るからに嬉しそうな顔をする。

格闘家気分を味わいたい男性、美容重視の女性、健康を保ちたい高齢者。

性別も年齢も目的もまちまちな集団に、退屈させずキツすぎないプログラムを組むのは難しい。しかし、全部任されているからこそ、やりがいがある。

途中、水分補給のために五分の休憩《きゅうけい》を入れて、四十五分のクラスは終わった。

大悟は汗を拭《ふ》くと、奥のトレーニングジムへ移動した。

スタッフは、空《あ》いた時間に無料で施設を使える。それもこの仕事の美味《おい》しいところだ。おかげで大悟は、ここ一年ばかり、自宅で風呂に入ったことがほとんどない。

各種のマシンで自分の鍛錬《たんれん》をしながら、大悟はさりげなく周囲に気を配っていた。勤務時間外ではあるけれど、職場で事故は願い下げだ。素人《しろうと》はおうおうにして無理をするから危ない。

バーベルリフティングの隣では、中高年の男たちがベンチで休憩《きゅうけい》をとっている。スポーツクラブは、一種の社交場でもあるのだ。

中心にいるのは、もう七十を過ぎているが、矍鑠《かくしゃく》とした細身の老人だった。

「播本《はりもと》さん、博多《はかた》はこのごろどう？　いい店を開拓できてる？」

「博多も、本格のバーが減ったねえ。駅前の屋台バーも面白《おもしろ》かったが、主人が亡くなって、それっきり。寂しい限りだよ」

老人はかなりの通らしい。

「そうそう。博多駅の近くの、ロイヤルフォートってホテル」

ふと、耳をそばだてる。聞き覚えのある名だ。

「あそこのトップラウンジが、九州では一番格式のあるバーなんだけどね。サブチーフが若いのに雰囲気あって、いい腕でねえ」

大悟はバーベルを下ろし、身を起こした。

「それが、何ヵ月か前に行ったら、いなくなってて。がっかりだよ。支配人に消息を訊いたが、口を濁《にご》されてしまった」

どきどきしてきた。博多のロイヤルフォート、そのトップラウンジといえば。

大悟と出会ったとき、氷川《ひかわ》はそんな役職ではなかったかもしれない。だが、あれから三年は経《た》っている。辞める前には、そのくらいの地位にあったのでは。

この老人が言っているのは、氷川のことだろうか。確かめたい。

大悟は、思い切って客たちの話の輪に入った。

「ロイヤルフォートのラウンジは、父に連れられて行ったことがあるんですよ。もしかして、俺の知ってるバーテンさんかな？　ちょっと浅黒い、すらっとしたイケメンの」

老人は、うんうんとうなずいた。

「そう、綺麗な子だった。顔もしぐさも。そして、何かこう、涼しげな名前で」

心臓がどくんと強く打った。間違いない、と思った。

「氷という字の、氷川？」

播本老人は、ビンゴ！　とおちゃめに親指を立てた。

大悟は笑顔でサインを返しながら、氷川のことを考えた。

『バーテンダーなんか、誰でも同じだ』

そう吐き捨てた彼の顔は、荒《すさ》むというより、痛々しく歪んでいた。

あれは、「俺を見てくれ、忘れてしまわないでくれ」という、心の叫びの裏返しではなかったのか。

何もかもが裏返しなのかもしれない、とふと思った。だからこそ、昔の彼を覚えていた大悟に、氷川はいら立つのでは。

——だけど、あんたを覚えてたのは、俺だけじゃないよ。

それを、氷川自身に知らせたい。

そうすれば、彼の過去を知っていることは、大悟のアドバンテージでも足枷でもなくなる。

そのとき氷川は、どんな顔を見せてくれるだろう。

謙虚《けんきょ》でありながら自信に溢《あふ》れた、彼本来の姿を取り戻させることさえ、できるかもしれない。

浮かんできた計画の実現の可能性に、胸が高鳴った。

「今、その人がどこにいるか知ってるって言ったら、播本さん、どうします？」

リリン、というドアチャイムの音に、青磁《せいじ》はぱっと顔を上げた。

「いらっしゃい……」

開いたドアに向けた顔が、瞬間的にこわばる。

もう来ないでくれと思っていた。そのくせ、なぜ来ないのかと恨《うら》んでもいた。

拳を振り上げられたときは、恐怖体験のフラッシュバックで思わず逃げ出してしまった。

もしかすると大悟は、あの態度に懲《こ》りて店に来ないのではないだろうか。

何とも思っていない、と伝えたくても、過去を隠して説明できることでもない。

この数日、青磁はひとり、ぐるぐる悩んでいたのだ。

青磁が口を開く前に、大悟は大きな声で「ゲスト」を紹介した。

「今日は、酒のわかる人をお連れしましたー」

ひょこっと背後から顔を出したのは、身なりのいい老人だった。年のころは、マスターと同じくらいか。その顔に見覚えがある。

「おう、ほんとに氷川くんだ」

嬉しそうに手を上げて、老人は相好《そうごう》を崩す。

びっくりした拍子に、手にしたスプーンがグラスに当たって、カチンと不調法な音を立てた。

「え……播本さん……?」

「さすが客商売。お客さんの名前と顔はよく覚えてるなー」

大悟の能天気な声。その後に、不満げな呟きがこぼれた。

「……俺のことは覚えてなかったくせになー」

——あんたのことは、そもそも名前だって知らなかった。

青磁は心の中で抗弁した。

老人にはにこやかな顔を向けようと思うのに、どぎまぎしてうまく表情を作れない。ひどく上がっていた。まるで、初めてカウンターに立たされた新人バーテンダーのようだ。

播本の顔を見て、懐かしさと嬉しさで、胸がいっぱいになる。なのに、不安だった。なぜこんなところに？　と訊かれたら、何と答えたらいいのだろう。

だが老人は、いきさつなど何もきかず、ただ懐かしげに微笑《ほほえ》んで、真ん中の止まり木に腰をかけた。大悟は当然のように、その左隣を占める。

「ドライを頼むよ」

それだけでわかる。いつも、一杯目は必ずドライマティーニだったのだ。

「かしこまりました」

青磁は棚《たな》に手を伸ばしかけて、「あ」と小さく声を上げた。

「どうしたね」「どうした」

老若の声がハモった。二人が顔を見合わせ、くすっと笑う気配。

背中でそれを感じ取った青磁の頬も、ふわりと緩《ゆる》んだ。困ったことになっているのに、全身が不思議な温《ぬく》もりに浸《ひた》される。

向き直って一礼し、

「播本様。まことに申し訳ございません、ビーフイーターを切らしております」

言葉遣いまで昔の格式に戻っているのが、我ながら面映《おもは》ゆい。そして、驚いたように見つめてくる大悟の目がまぶしかった。

「いかがいたしましょう？　ほかのジンでは、播本様のお好みの味には……」

大悟が身を乗り出してきた。

「それ、どういうもの？　そのへんの酒屋で買える？」

どうですか……と首をかしげる。

大悟は携帯を開いて、登録ボタンを押した。

「あ、チュウやん？　俺、邦光だけど。おまえんとこ、ビーフイーターってジンがある？」

返事を聞いて、ぱっと明るい声になる。

「そうか。じゃ、すぐ買いに……今？　酒井町《さかいまち》で飲んでる。四丁目の花屋の裏。『難破船』って店。え？　いや、いいって。おい、チュウやん？」

得心のいかない顔で電話を切ると、大悟は、

「なんか、ダチが届けてくれるって。酒屋の息子なんだ」

「それは、助かります」

青磁は突き出しとして、乾き物に自家製のピクルスを添え、小皿に乗せて出す。

「おしのぎにどうぞ」

ものの十分ほどで、外にキーッと自転車の音がした。

リンリンとにぎやかな音とともに扉が開き、陽気な丸顔がのぞく。

「ちわー、毎度。いや、初めましてか。これ、ご注文の品です」

紙袋に入った瓶《びん》を、大悟が受け取った。

青磁は慌ててカウンターから出た。前掛けのポケットからお金を取り出し、清算する。

丸顔の青年は、青磁の肩ごしに首を伸ばして、きょろきょろと店内を見回した。

「で。どこよ、おまえの目当ての子は？」

大悟は真っ赤になっている。

「そんなん、いないって言っただろ！」

「えー、隠すなよお」

酒屋の息子を体で押し出しておいて、大悟は誰にともなく頭を下げた。

「すんません、お騒がせして」

播本は、ピクルスを摘《つま》みながらのんびりと、

「お友達は、何か勘違いされとったようやね。ここは、女の子が接客する店ではないやろうに」

その鷹揚《おうよう》な態度に、青磁は、ほっと肩の力が抜ける思いがした。

落ち着いて、注文のドライマティーニを作る。

見つめる大悟の表情は、無邪気な称賛に輝いている。そんな彼を見ていると、時間がさかの

ぼってあの日に帰るような気がした。

あのときも、大悟はじっと自分を見ていた。なぜかすがるような目で。父親らしき男に食ってかかりながら、聞こえない悲鳴を上げていた。

自分は、助けを求めるその声を聞いたと思ったのだ。バーテンダーの分を越えても、何かしてあげたくなった。

客に対して、そんな気持ちになったのは初めてだった。

この店でも、大悟はある意味、青磁の「特別」だった。店に来ても来なくても、こんなふうに自分をかき乱すのは彼だけだ……。

無心に酒を計り、氷を入れ、シェイカーを振る。この季節に強く振ると、氷がよけいに溶け出して水っぽくなる。よく混ざるように。美味しく冷えるように。まろやかに仕上がるように、優しく、優しく。

冷やしたグラスにシェイカーの酒を注ぎ、オリーブを添える。一瞬、厳《きび》しい目で検分し、青磁はグラスをカウンターに置いた。

「どうぞ」

播本は、しみじみと眺《なが》めた。

「まあちょっと、グラスは落ちるが。色といい香りといい、完璧《かんぺき》だよ」

飲みきるのが惜しいといわんばかりに、ちびちびと啜《すす》る。

「うん、腕は落ちてないねえ。ドライはやっぱり氷川くんのシェイクでないと。楽しみができたよ、また来るわ」

カクテルをさらに数杯楽しんでから、満足そうに帰っていく播本を、青磁は戸口まで出て見送った。

やけに明るい、と空を見上げる。

「あ、十五夜だったのか」

いつのまにか隣に出てきていた大悟が、そう呟いた。

歩み寄りたくても、自分からは踏み出せなかった。そんな意固地な自分に、彼の方から手を差し延べてきてくれた。それが嬉しくて、でも少々きまりが悪くて。

青磁は小さく「ありがとう」と囁《ささや》き、相手の顔を見ずに店内に引き返した。

秋になってから、市内ではボヤ騒ぎが頻発《ひんぱつ》していた。火の気のない飲み屋の裏口などが現場なので、放火が疑われている。

警察も見回りを強化してはいたが、飲み屋街を夜うろついているのは、おおかたが酔っ払いで、職務質問にも要領を得ない者が多い。怪しさのない人物のほうが怪しいくらいなのだった。

その放火の現場に、運がいいのか悪いのか、大悟《たいご》は出くわした。

裏道にかがみこむ人影に、酔って吐いてでもいるのかと、様子を見に近づいてみれば、相手は今しも灯油をしみこませた新聞紙に点火したところだったのだ。

「おいっ!!」

肩を掴んだとき、強いビル風に、火のついた紙がふわりと舞い上がった。あたり一帯には、紙細工の紅葉《もみじ》が万国旗のように道の両脇にさしわたしてある。火が燃え移ったら、一大事だ。

とっさに大悟は、犯人逮捕《たいほ》より火事を防ぐほうが大事だと判断した。ジャンプして、燃える紙を叩き落とす。めらめらと炎をあげる新聞紙は、大悟の手首に絡みついた。

「あちっ」

反対の袖《そで》で払いのけ、すかさず、スニーカーの底で踏みしだく。ゴムの焦《こ》げる匂《にお》いとともに、どす黒い煙がたち上《のぼ》った。

空中では大きく危険に見えた新聞紙も、燃えつきてしまえば何の脅威《きょうい》もない。

ほっとすると同時に、ヒリヒリとした痛みを覚えた。見ると、手首から手の甲にかけて、真っ赤になっている。

騒ぎに気づいた近くの飲食店の若い男がバケツに汲んできた水は、すでに消し止められた火ではなく、大悟の手を冷やすのに用いられた。

次の日に病院に行って薬を塗《ぬ》ってもらったが、水泡ができて、けっこうおおごとになってしまった。二度の火傷《やけど》だという。

三日後、また放火があった。犯人は、大悟に見つかっても懲《こ》りなかったと見える。しかも、今回は場所が『難破船』に近かった。

「よまわり」の待機所に貼り出されたマップでその事実を知ったとき、大悟はどうにも落ち着かない気持ちになった。

今のところ、発見が早くて、死者が出るような火災にはなっていない。だが、油断は禁物だ。『難破船』のマスターは郊外に住まいを持っていて、店には氷川《ひかわ》が寝泊まりしていると聞いていた。もし彼が、疲れて深く眠り込んでいるときに……。

そう考えるといてもたってもいられず、大悟は現場を確認したその足で、氷川の店へと向かった。

マスターが別にいるのに、『難破船』を「氷川の店」と考えてしまう。そういえば、このごろ、マスターの姿をとんと見ないと気づいた。

まずそのことを訊《き》くと、氷川は沈痛な表情になった。

「奥さんの具合が、思わしくないそうなんで。自分も腰や膝が痛いと言って……」

「そういえば、ヘルパーがどうとか」

最初に『難破船』を訪れたとき、そのやりとりを聞いた覚えがある。

「腰痛予防のエクササイズ、なんなら紹介するって伝えといて?」

和《なご》んだ目で、氷川はうなずいた。

こんなふうに穏やかな氷川を見ると、ほっとする。彼が幸福そうであること。それがいつのまにか、大悟の最大の関心事になっている。

放火のことが心配で来たのは本当だが、氷川に会う理由がほしかったのかもしれない。

——よまわり隊ともあろうものが、不謹慎《ふきんしん》だぞ。こんなことでは、中林《なかばやし》に誤解されるのも無理はない。

——誤解？　なにをどう誤解されてるってんだ。

もやもやと自問自答している大悟に、氷川は気さくに声をかけてきた。

「今日は？」

「あ、酒はアウト。ノンアルコールを」

包帯を巻いた手をカウンターに載せてみせると、氷川は驚きの声を上げた。

「どうしたんです⁉」

「じつは、その話をしに来たんだ」

放火魔との対決の顚末《てんまつ》を聞かせ、火の用心を説《と》き、最後に悔《くや》しさを口にした。

「犯人を捕まえてれば、名誉の負傷だったんだけどな」

氷川は眉《まゆ》をひそめている。

「大丈夫なんですか。あなた、手を使う仕事でしょう」

「あ、スポーツクラブの？　そっちはなんとかなるんだ。形の模範《もはん》を見せるだけで、実戦に使うわけじゃないから」

氷川が気遣《きづか》ってくれたのが嬉しい。このごろ、彼本来の優しさというか、気配りのゆきとどいた人柄《ひとがら》が戻ってきたように感じるのだ。

あの夜、播本《はりもと》氏が帰った後、『難破船』の常連たちの間では、ひとしきり氷川の前職が話題になった。氷川はことさら否定するでもなく、

「しっかりした店で修業したんだろうな、とは思ってたよ。腕、いいしね」

そんな賛辞にも、素直に「おそれいります」と笑っていた。

大悟が武道の段位を引き合いに出して水を向けると、全日本カクテルコンクール入賞の戦績も「白状」したものだ。

氷川が明るく前向きになっているのが嬉しい。もう、「虚《むな》しい」とか「誰でも同じ」なんて哀《かな》しいことを言ってほしくない。そして、行きずりの情事からも、足を洗ってほしかった。

「そっちは、ということは、ほかに何かお困りのことが？」

察しのいい男だ。昔から、そういう人だったなと思い出す。

大悟は正直に、不便を訴《うった》えた。

「うん。髪が洗えない。風呂に入るときは、こっち、ビニール袋で包《くる》んでるんだ。顔や体はスポンジでぐるぐるっとやっちゃうんだけど、頭はどうも……」

氷川はグラスを磨《みが》いていた手を止めて、だが目はグラスを検分しながら、さらりと申し出た。

「私が洗いましょうか」

「へ」

意味がわからず、間抜けな応答をしてしまう。氷川はそれを笑うでもなく、こう続けた。

「水曜日は特に客が少ないですから、もう閉めてもいいし」

「や、洗うって、ここで?」

カウンターの向こうの流しを、伸び上がって見てしまう。

氷川はくすっと笑った。余裕のある態度だった。ひところのカリカリしたところがない。

「まさか。この上の住まいで、ですよ」

そういえば、ここは二階建てだった。

下が店舗《てんぽ》で、上に小さな住居という造りは、このあたりでは多い。

大悟が返事をしないでいるうちに、氷川は表に出て、ドアノブに「準備中」の札を下げてきた。前掛けをはずしてカウンターに置く。

「こちらにどうぞ」

カウンターのL字を回りこんだところに、狭《せま》い急な階段があった。

ちょっとためらったが、氷川の暮らしへの興味を抑えかね、後ろについて上がった。

階段の突き当たりは板戸になっている。戸を開けたところはすぐ上がり口で、斜《なな》めになりながら靴《くつ》を脱ぐ。下の店舗の空間から考えても、かなり狭い住まいではある。

「トイレとキッチンは、店のを使ってます」

二階は、寝室にしている和室と風呂だけらしい。

「ちょっと待って」

氷川は、するりとジレを脱いだ。そのしぐさに、どきっとした。氷川はそのまま、シャツのボタンまではずそうとしている。

大悟は焦《あせ》った。

「いや、髪。髪だけでいいんで！」

――何を意識してるんだ、俺は。

氷川はあっさり、方向転換を受け入れた。

「じゃあ洗面所で」

「お湯出るの」

「失礼な。ちゃんとシャワードレッサーだ」

風呂場の横に、更衣室兼用の洗面所があった。

なるほど、それなりに年数はたっているが、ボウルも大きく、フレキシブルアームのカランのついた洗面化粧台が、窮屈《きゅうくつ》そうに収まっている。

氷川は、さっと袖を捲《まく》った。

「さ。ここに頭を出して」

もう、ぞんざいな言葉遣いになっている。

階段の上は私宅であって仕事場ではない、というわけか。線引きの几帳面《きちょうめん》な男だ。

大悟はおずおずと背をかがめた。両手でボウルの縁《ふち》を持って、上体を支える。

シャーという音とともに、顔の横で湯がはねた。温度調節をしているらしい気配がして、温かく濡れる感覚、そして、指が確かめるように髪をうなじからかき上げる。

「熱くない？」

「あ、ええ、ちょうどいい……」

「もっとコシの強い髪かと思った」

氷川は独り言《ひとりごと》のように呟く。

「シャンプー、リンスインだけど？」

「あ、はい、いいです」

まな板の鯉《こい》のようで、こちらが敬語になってしまう。

音もなく、粘度の高い冷たい液体がしみてきて、柑橘系《かんきつけい》の匂いが鼻をつく。

氷川は、しばらく黙って髪をかきまわしていた。それから、爪《つめ》はたてず、指先の力だけで、頭皮をマッサージするように押してきた。いきつけの理髪店の見習いより、はるかに上手《うま》いと思う。かゆいところに手が届く感じだ。

思わず、「気持ちイー」と嘆息した。

正直な感想だった。この三日、不十分にしか洗えていない。夏のさかりに比べればマシだが、汗《あせ》が臭《にお》いやしないかと、ひやひやしていたのだ。

ふと、氷川との距離がひどく近いのに気がついた。狭いので、大悟の背中にかぶさるようにして洗っている。肩甲骨《けんこうこつ》のあたりに、平らな胸が当たる。

こんなに接近したのは初めてだ。彼はいつも、カウンターの向こう側にいる。外で会ったときも、見えないカウンターが二人の間にあるようだった。

今、その垣根《かきね》が取っ払われている。それだけではない。相手の居住空間に入って、氷川がいつも身支度《みじたく》に使っているだろう洗面台で、頭を洗ってもらっているのだ。

体がというより、心が相手の領分に入り込んでいるように感じた。自分の願ったことが、半《なか》ば実現しているような。

ふと、自分はなぜ、そんなことを願ったのだろう、という疑問がわいてきた。

氷川の姉のことで、無神経に踏み込んで彼を傷つけたと思った。だから、その轍《てつ》を踏まないために、相手のことをもっと知ろうとした。

だが、傷つけたくなければ「もう近づかない」という選択肢《し》もあったはずだ。なのに自分は、それをまったく考えなかった。

ただもう、「傷つけずに近づく方法」を探して、ジタバタしていた。

何年も前に、短い出会いでいい印象を持った相手。その男と偶然再会してみたら、小憎《こにく》らしかったり、昔と変わらず優しかったりで、気持ちが左右に揺さぶられて、落ち着かなくて。でも、気になってしかたがなかった……。

こうして自分の体を人任せにしていると、必然的に、日ごろ蔑《ないがし》ろにしている自分の心に向き合ってしまう。

氷川に「一夜の情事」を止《や》めさせたかったのも、今となっては、本当に氷川自身のためだったのか、怪しいものだ。彼のしていることを知ったときの自分の苦しみは、正義感や倫理で括《くく》れるものではなかった。そうだ、あれは嫉妬《しっと》だ。

たとえそれが真面目《まじめ》な恋愛であったとしても、自分以外の誰かと氷川が……と考えたら、やはり苦しかっただろう。

大悟はもう、その感情から目をそらそうとはしなかった。自分はとうに、恋に落ちていた……。

耳から首筋が、じわじわと熱くなったのは、お湯のせいではないようだった。

「はい、終わり。拭《ふ》くからちょっと、頭こっちへ」

ボウルの上から氷川の正面へと、頭を動かされる。濡れた頭を、大きめのスポーツタオルが包み込んだ。

タオルの上から、氷川はごしごしと頭を擦《こす》る。細かく優しく揺さぶられると、甘えた気分になって、うっとりしてしまう。

はっきり恋情を意識した対象。その手に自分をゆだね、かいがいしく世話をされている。これほど心ときめく状況は、またとないだろう。

ふと、うっとりしているのは上半身だけではないのに気づいた。胸が甘く疼《うず》くのと連動して、別の部分も疼きだしている。だからといって、今、これを見られるのはやばい。

せっかく氷川の内懐に入りかけているのに。相手への関心を、劣情《れつじょう》だけだなどと思われたくない。彼が相手にしてきた男たちと同じだとは。

大悟はもぞもぞと身動きして、この状態を氷川から隠そうとした。

その不自然さで、かえって気づかれたらしい。

「そっちも手伝おうか？」

「え」

相手の目の中に、今までにない艶《つや》めいた光がある。

それに呑《の》まれてものが言えないでいる間に、氷川は、すっとかがみこんだ。大悟の前をくつろげて、もう下着の上から触れている。

「ああ、濡れてる」

滲《にじ》み出《だ》したものが、下着を濡らしているのか。頭が真っ白になった。嫌悪からではない。むしろ、触れてほしい、自分も触れたいと思った。

そのことに、大悟は動転した。こんなふうに簡単に、自分の心はからだに引きずられるのか。

氷川もそうだ。

好きだとは言っていない。言われていない。なのに、こんなことができるのか。自分も結局、一夜限りの相手と同じ位置づけなのか。

苛立《いらだ》ちと自嘲《じちょう》と嫉妬とが、ぐちゃぐちゃに攪拌《かくはん》されて押し寄せる。

「やめろっ」

焦って払いのけた手が、氷川の頬に当たって、ぴしゃっと音をたてた。

じいんと痛みが広がる。まるで、氷川の痛みがこちらに転化したようだ。思わず、火傷した方の利《き》き手《て》を出してしまったのだ。

軽く当たっただけだから、むしろ氷川の方が痛くないくらいのはずだ。なのに氷川は、殺されたみたいな顔をしている。

しまったと思った。

氷川を拒絶したかったのではないのに。これではまるで、彼を汚がってでもいるようだ。

あわあわして取り繕《とつくろ》えないでいるうちに、氷川は、すっと立ち上がった。打たれた頬は、ほんのわずかに紅を帯びている。ほかが青ざめているから、わかる程度の赤み。

「悪かったよ」

こわばった笑顔で、氷川は続けた。

「あんたは冗談の通じない男だってことを、忘れてた。心は純情な乙女《おとめ》なんだもんな」

タオルを拾って、氷川は気取ったお辞儀をしてみせた。

「本日の営業は終了しました。上も下も」

おどけているのだろうに、ひどく虚《うつ》ろな声音だった。

彼自身はどこかの暗がりに引っ込んでしまって、身代わりの人形がしゃべっているかのようだ。

二人の間には、カウンターどころか、厚い壁が立ちふさがっている。彼を壁の向こうに追いやったのは、ほかならぬ自分なのだと思うと、その壁に立てる爪などないという気がした。


いつものカフェに、ほぼひと月ぶりに来ている。

そのせいか、今夜は誘いが多かった。ただ青磁《せいじ》は「えり好み」が激しい。といっても条件は、おとなしそうな男、それだけだ。暴力沙汰《ざた》を起こしそうな、血の気の多いタイプは、意識して避けていた。だから、オカマ狩りに遭《あ》っても、守ってもらえないのだが。

その男は中肉中背、凡庸《ぼんよう》な顔立ちだが清潔感があって、一度限りの相手としては問題なさそうに見えた。

保険屋か税理関係のビジネスマンのようだ。連れの男と、そういう種類の話をしていた。連れとダブルで相手を探しているのかと思ったが、もう一人はさっさと帰っていった。残った方は、グラスにほとんど口をつけず、ちらちらと周囲の男たちをうかがっている。

その男と目が合ったとき、青磁はうなずくかわりに、重い瞬《まばた》きをして目を伏せた。それがサインだ。

目当ての男は、カウンターを離れ、まっすぐ青磁のところにやってきた。話はすぐついた。公園での事件以来、外で交渉を持つ気にはなれない。かといって、ホテルや家では関係が深くなりすぎる。店のトイレで、手っ取り早く抜きあった。それを見越して、個室は広めに作ってあるという噂《うわさ》だ。

男は自分のものを始末しながら、青磁のからだを未練げに眺《なが》めた。

「バックはだめ?」

「カンベンしてください」

もともと男が好きでもない青磁には、バックはきつい。できれば遠慮したいのだ。

「俺、ヘタじゃないよ?」

細い目が見開かれ、青光りしているのを見て、はっとした。

いつだったか、大悟の言っていたことが頭をよぎる。

『見るからにヤクザっぽいのは、素人《しろうと》だったりする。本物は、あんがい紳士的な様子をしてるもんだ。特にこのごろ流行《はや》りの、経済ヤクザってやつは……』

ぞくっとした。やばいものを摑んだかもしれない。

男はしつこかった。

「今日は気が乗らないとか？　だったら日をあらためて」

しかたなく、はっきり言う。

「一回限り、と最初に言いましたよね」

相手は唇をゆがめて「金か」と吐き捨てた。

「いいえ、そんな」

「じゃあ、なんだ。何が欲しい？」

ねちっこい視線に危険な匂いを感じ、青磁はどうにか男を振り切って帰った。ひどく嫌な感じがした。

次の休日、青磁はカフェバーには行かなかった。しばらくは、身をつつしんでいた方がいい、とその本能が告げたのだ。

まだ宵《よい》の口に裏で空《あ》き瓶《びん》を整理していると、夕闇《ゆうやみ》の中から一台のワゴン車が忍び寄ってきた。

バン、と車のドアの閉まる音に顔を上げたときには、数人の男に囲まれていた。

見るからに、その種の人間だ。

白目が黄色く濁《にご》った男が、顔をぐいっと近づけてきた。

「きさん、シマ内でウリやっちょうってな？」

「俺は、そんなことは。ただ、軽く遊んでいるだけで」

ぴんときた。青磁を思い通りにできなかった男が、根も葉もないことを密告したのだ、と。

あの「税理士」は、やはりその筋の人間だったのか。

いきなり腕を摑まれ、袖を捲られる。

「何するんですかっ」

一年前の針《はり》の痕が、そこにあった。強引に刺されたために傷になった複数の穴は、虫食いのように黒ずんで残っていた。

勝《か》ち誇《ほこ》ったように、男は言った。

「見てみい、シャブやっちょんよな」

「シャブ代ほしさに、ウリちゅうとこか」

有無を言わさず、車の方に引きずられる。

「ちょう、来いや。シャブどっから買《こ》うたかも、聞かせてもらおか」

両脇から抱《かか》えられ、車に乗せられそうになったとき、青磁は震えた。あのときのように、何人もの男たちに殴《なぐ》られ、蹴られ、そして……。

その忌《い》まわしい記憶のフラッシュバックが、萎《な》えかけた体に力を与えた。

「い、いやだ！　誰かあっ！」

予想外に大きな声が出た。

男たちは、慌てて口をふさぎにかかる。

顔を覆《おお》った指の間から、黄色い上着の青年が走ってくるのが見えた。

――よまわり隊だ。もしや。

次の瞬間、それは確信に変わった。

――大悟だ！

まだ独りで、放火犯を探していたのだろうか。青磁とぎくしゃくしてもなお、『難破船』のあたりを見張っていてくれたのか。

こんなところを見られて恥ずかしい。反発しながらもいつしか惹《ひ》かれていた相手が、思うようにならなかった苛立ちから、男あさりを再開した。そんなことなど、知られたくない。まっすぐな目をした、この青年に。

でも、嬉しい。助け手が現れたから、ではない。ほかの誰でもなく、大悟にこそ救われたいと思っている自分がいた。

誰も信じられない。誰にも頼れない。そんなふうに凝《こ》り固《かた》まった青磁の意固地を、ときに強引に、ときに遠回りをして、大悟は解きほぐしてくれたのだ。

なぜ、もっと早く気づかなかったのか。自分の心は、とうに大悟を欲していたのに。

大悟の名を呼びながら、腕や肩を摑んでいる手を振り切ろうと、青磁はもがいた。髪を摑まれ、ぐいと引き戻される。

男たちは、相手が大悟一人と見てとったからか、平気でうそぶいた。

「なんや。ヒマワリの出てくる案件やないぞ」

「この兄ちゃんが風紀の悪いことをしよるけん、ちぃっとお灸《きゅう》をすえてやるだけや」

大悟は息をはずませながらも、感情を抑えた声で告げた。

「その人は、そういう人間じゃない。『夜』の住人には違いないが、まともな商売をしているんだ。それこそ、あなたがたの案件じゃない」

若さに似ず、静かで堂々とした態度に、やくざたちも気おされたように黙った。

これほど肝《きも》の据《す》わった男だったか、と青磁も目を瞠《みは》る思いだった。

だが、男たちはすぐに、なおさら居丈高《いたけだか》になった。

「こんな、色気ダダ漏れの野郎が、何がまともじゃ。シャブもやっとる。こっちの管轄《かんかつ》や」

シャブと聞いて、大悟の顔色が変わるのがわかった。青磁は必死で声を張り上げた。

「ちがう、今は……いや、自分で打ったことなんか、一度だってない！」

男あさりは知られている。知ってなお、大悟は見放さずにいてくれた。それでも、クスリは彼の許容範囲を超えるのではないか。

人一倍、正義感の強い男のことだ。背を向けて去ってゆく姿が目に見えるようで、青磁は失う切なさに身を揉んだ。

「こら、往生際悪いぞ」

後ろに回した腕を変な角度に捻《ひね》り上《あ》げられて、青磁は悲鳴を上げた。

「やめ、腕は……っ」

何が起こったのかわからなかった。ひゅっと火矢のようなものが耳を掠《かす》め、すぐ横で乾《かわ》いた音がした。

大悟の拳が、相手の頬骨にヒットした音だった。あんな軽やかな音がするものなのか。

拘束《こうそく》が解けて自由になった体は、重力にとらわれる。倒れる、と目を閉じたとき、力強い腕にがしっと受け止められ、ふわりと地に下ろされた。

乱闘は、わずかの時間だった。

大悟は、男たちの真ん中に踏み込むと同時に、両手の甲を二人の男の顎《あご》に叩きつけていた。打った後は、左足を軸《じく》に斜めに体をかわす。後ろから飛びかかる男は、足裏をくるぶしに引っ掛けられて吹っ飛んだ。もう一人の腕を手前に引きこんでバランスをくずし、胃に膝を入れる。

四人すべてを叩き伏せたとき、大悟のすぼめた唇から、ふうっと息が漏れた。

青磁は、ただおののいていた。

お人よしだ、乙女だと揶揄《やゆ》したり、うざったがったり、ひそかに可愛《かわい》く思ったりしていた。そして、いつしか青磁の心に棲みついていた男は、なんという獣《けもの》じみたポテンシャルを持っていたのだろう。

呆然《ぼうぜん》と地べたにへたりこんでいると、

「青磁」

ぴしりと呼ばれた。

この男に呼び捨てにされたのは、初めてだ。「年下が何を偉《えら》そうに」とむかつくより、頼もしいと思う気持ちが勝った。

まっすぐ自分に向けて差し出された手をとると、腕が抜けるほど強く引かれた。

そのまま、表通りへと連れ出される。

すぐ近くのコインパーキングに、大悟は車を止めていた。

助手席に押し込まれ、

「あの、どこへ」

振り向いた相手の目に、かつてない激しい怒りを見てとって、青磁はすくんだ。

「あの店には帰んな。しばらく外にも出んなよ」

横暴きわまりないことを言われているのに、反発する気も起きない。

いや、それどころか。横暴に扱われるのが、嬉しいような。

その遠慮のなさ、余裕のなさこそが、大悟の真情の証なのだと思った。

想われている歓びに、身が震える。

「あんたは目立つ。店もマークされてる。あれは本物のヤクザやぞ、だから、俺は」

ぎりっと唇を噛んで、大悟は唸《うな》るように言った。

「どうせ聞く耳持たんのやろうが、俺は、何度でも」

青磁は感情の昂《たか》ぶるままに、大悟の首にかじりついた。

「すまない」

大悟はぎしっと固まった。

「俺が、悪かった……！」

むせぶように詫《わ》び、いっそう強く相手にしがみつく。

どうしてこれまで、素直に受け取れなかったのだろう。大悟はいつも、本心から自分を案じてくれていたというのに。

「あ、あのな」

もごもごと口ごもったあげく、大悟はさっきまでとは別人のような煮え切らなさで呟いた。

「わかればいい……」

その表情は見えなかったけれど、背中に回ってきた腕は、とても温かかった。

大悟の家に上がるのは、初めてではない。公園で襲われた夜、連れてこられて以来だ。

「ちょっと、これ頼む」

大悟はあのときの救急箱を下ろしてきて、ダイニングのテーブルに据《す》えた。

「どこかケガを!?」

「やっちまった」

ぺろっと舌を出して、左手で包帯を解《ほど》く。

「せっかく治りかけてたのに」

そういえば、右手を火傷していたのだったと思い出した。慌てて、手伝う。

包帯の下の皮膚《ひふ》は、赤味は薄くなっていたが、関節のあたりの水ぶくれが破れて、血の混じった水がにじんでいた。

「あ、大したことないや」

大悟はけろりとしている。

「破らずに治した方が、傷が残らないと言われたけど、それはどうでもいいし」

指示された軟膏《なんこう》を塗《ぬ》り、新しい包帯に替えてやる。

「びびっただろ。今夜は早く寝るか？」

大悟は、青磁にベッドを譲《ゆず》ろうとした。自分は、予備の布団を隣の部屋に敷く、というのだ。

言われたとおりに和室に布団を延べた後で、青磁は、ベッドの布団を抱えてきた。

目を丸くする大悟に、「隣に寝させてほしい」と懇願《こんがん》する。

心がこんなに近づいた今、離れているのは嫌だ。彼の息遣いを、体温を感じられるところにいたい。

「どっちが子供だか」

ふふんと笑いながら、大悟は、もとからの自分の布団の上であぐらをかいた。予備の方に正座している青磁に向かって、

「店はしばらく、閉めたほうがいい。マスターには、俺から説明するから。今は、ヤクザと揉《も》めて一時休業する店はザラなんだし、ことの初めから話さなくてもいいだろうさ」

そして、ずばっと切り込んできた。

「俺と、ここで暮らそう」

小さな子供に言い聞かせるように、優しい声で言う。

「もう二度と、知らない男について行くなよ」

彼の思いは、弱者への憐《あわ》れみの変種にすぎないのかもしれない。もしくは、揺れるつり橋の上でだけ、成り立つものなのでは。

そんなふうに邪推する自分がいとわしい。それでも、心から恋した相手に見捨てられたらと思うと、信じることが怖くなる。

「こんなことになったから、心配してくれるのはわかるけど……」

「違う」

強い調子に、はっと顔を上げる。

「今度のことが問題なんじゃない、ずっと前から嫌だった」

日ごろは柔和《にゅうわ》な目を怒らせて、じろっと睨《にら》んでくる。

「俺が嫌なんだ、わかるか？　あんたのためじゃない、俺自身のために言ってる」

そして、言葉どおり、大悟はしんから嫌そうな顔をした。

青磁に対する嫌悪ではない証拠に、その手はしっかりと青磁の手を握っている。

「俺はあんたが、ほかの男と……するのが、たまらなく嫌だ」

その独占欲は、嫉妬ととっていいのだろうか。そんな場合ではないと思うのに、胸がときめくのを覚えた。

どきどきする胸を押さえ、青磁は抗弁した。

「だけど、俺が、その、しようとしたら、あんたは」

「だから、なんで行為先行なんだよ？　あんたの気持ちも俺の気持ちも、確かめもせんうちからああいうことをされたら、俺の純情はどうなる」

「それは……つまり……」

じれったいな、と大悟は身を乗り出す。

「あんたの『恋人』になりたいんだよ、俺は。一夜限りのじゃなく」

夢のようだ、と思った。夢なら、醒《さ》めないでほしかった。

カラダだけをよこせという男たちと、大悟は違う。何もかも奪われるだろう。奪われて、からっぽになって、初めてこの廃船は浮き上がる……。

青磁は、とぎれとぎれに、だがきっぱりと答えた。

「大悟が、俺でよければ、俺は、あんたのものだ」

それを聞くと、年下の男は、すごくいい笑顔になった。青磁も、思わず唇をほころばせる。

だがすぐ、大悟はにやける顔を引き締めて、

「じゃあ、なんでこういうことになったか、話してくれるな？　もう俺には訊く権利はあるだろ、関係ないなんて言うな」

四つも五つも年下のくせに、こちらを叱《しか》るとは。いったいどこから力関係が変わったのか。叱られて喜んでしまう自分も、どうかしている。

青磁は、ことのしだいをすべて打ち明ける決心をした。

「前に、姉のことを話したね」

大悟の顔が、さっとこわばる。

それは自分のせいだ、と思った。あのときは、冷たい態度をとって大悟を傷つけてしまった。触れてほしくない部分を隠したい一心だったけれど。

「その姉が、ろくでもない男に引っかかって、売り飛ばされそうになったんだ」

青磁は自分の身に起こったことを淡々と語った。性的暴行も、薬物のことも、包み隠さずに。

膝を掴んだ大悟の手が、関節が白くなるほど握り締められている。だが、顔はあんがい平静だった。

「だいたいは俺の想像してたとおりだ……だけど、姉さんはいい大人というか、自分で責任と

れる年だろう。いくら世話になったとはいえ、あんたがそこまで犠牲になることは」

「姉には子供がいた。七つの女の子だ」

その意味を、並《なみ》の若い男よりわかるのは、やはり防犯活動の関係者だからだろう。

「……それは……そうか」

言いさして唇を噛む。

「で。無事なのか、二人は」

わからない、と青磁は首を振った。

「絶対に連絡をとろうとするなと言ってある。その方がお互いに安全だから」

喉がこくっと鳴った。

「じつは……『難破船』に落ち着いてから、姉に連絡しようとしたことがある。だが、携帯番号は変わっていて、預けたはずの親戚《しんせき》のところにもいなくなってた」

青磁は両手で顔を覆《おお》った。

「連絡するなと言いながら、心のどこかで、危険を冒《おか》しても接触してくることを期待してた。無事でいてくれさえすればと思うい っぽうで、俺を見捨てたんだと恨《うら》んで……」

大悟は、何もかも呑《の》み込《こ》んだ顔をしていた。

「辛《つら》かったな」

その後の乱れた性を詰《なじ》る言葉は、彼の口からは出てこなかった。

怖いものを怖いと認めるより、マヒしたほうが楽だった。だから、何度も何度も、さまざまな男たちと関係を持った。慣れて何も感じなくなるまで、続けるしかない、と。

そんな心の暗部を、大悟はきっと察してくれたのだと思った。

「もう寝ろ。後は、また明日のことだ」

大悟は、よけられるのを警戒するようにそろそろと顔を近づけてきて、用心深いキスをした。

唇の上に一瞬の熱さだけを残して、大悟は離れた。いまどき中学生でもしないような、「乙女」なキス。

だが、本当に中学生なみの経験値しかない、ということはないだろう。大悟は、辛い過去を背負った自分を、いたわってくれているのだ、と思った。

大切にされている歓びで、唇も心もくすぐったい。

その気分のままに、ふわりと微笑む。

すると大悟は、いたずらっ子のように目をくりっとさせた。

「小学校くらいのとき、反対言葉で遊ばなかったか。キスの反対は何？　とか」

青磁は思わず笑ってしまった。これでは、乙女じゃなくてただのガキだ。

「なあ、笑ってないで言えよ」

大悟は焦《じ》れたように身を揉み、我慢の利《き》かないところを見せた。

「ほら、こうだ。『ス・キ』」

青磁はちゃっかりそれに便乗した。

「俺もだよ」

「あ、ずりぃなー」

声を上げて笑いあう。

これから自分は、自分たちはどうなっていくのか。店はどうするのか。やくざたちは、あのまま引っ込むとも思えない……。

先行きが全く見えないのに、なぜこんなに安らいでいるのか。

信じる相手に愛され、守られているから。

ずいぶん昔に手放したはずのその感覚を、青磁はそっと抱きしめた。


眠りが一番深くなるころ、枕元の携帯が鳴った。

午前二時。

「なんだ、こんな時間に」

番号表示を見て、大悟《たいご》はあくびをした。

「チュウやんか」

だが、電話に出たのは、まったく知らない男の声だった。

開口一番、

『この携帯、誰のかわかるよの？』

その引っ張ったようなしゃべり方は、やくざが脅《おど》しをかけるときの前奏曲だ。

大悟は、ぎりっと唇を噛んだ。

「そこにいるのか。電話に出せ」

『邦光《くにみつ》〜』

情けない震え声が、耳いっぱいに広がった。

「チュウやん。大丈夫か、何もされてないか」

うん、と答えるとすぐ、電話のかけ手が代わる。

『あのオカマも連れて、北芝《きたしば》に来い。今夜中やぞ』

「北芝なら、あんたら、桐野組《きりのぐみ》だな？」

耳障《みみざわ》りな笑い声がした。背後では、マージャンでもやっているような気配がある。

『わかっとろうな？　どっちが欠けても、そのぶんはこの豚に背負わすぞ』

切れるとすぐ、また電話が入った。よまわりの仲間からだった。

『中林《なかばやし》さんが、活動の途中で消えたって。てっきり家に帰ったもんだと思ってたら、さっき、お宅から問い合わせがきて……』

活動の途中。黄色いパーカーを目印に攫《さら》った。よまわり隊なら、誰でもよかったのだろう。

大悟はとっさに腹を括《くく》った。

「彼のことは、こっちに任せてくれ」

『え、なんか知ってんの?』

「今は言えない。必ず無事に帰るから、心配するなとみなに言ってくれ」

ぱちんと携帯を閉じて、みると青磁《せいじ》は布団に起き上がっている。

「人質をとられたのか」

その口調は平板で、あの乾いた諦観《ていかん》が漂《ただよ》うようだった。

「二人で来いとさ」

「あんたが行くことはない」

青磁はすっと立ち上がり、鴨居《かもい》にかけたハンガーから、上着をはずそうとする。

「どこに行く」

「付き添いが要《い》る年じゃない」

その腕を摑《つか》み、無理やりこちらに向かせた。

青磁は反抗的に顎《あご》をそらす。

「俺が発端《ほったん》だ。俺が行く。俺にご執心《しゅうしん》の野郎に、好きにさせてやるさ」

それだけで済むはずがない。

青磁をワゴン車に連れ込もうとした、やくざの言葉がよみがえる。

『色気ダダ漏れの野郎』

青磁はあのときも、ことさら挑発的な格好をしていたわけではない。店休日だったから、バーテンダーの制服でさえなかった。普通の男の、ごく平均的な普段着姿でも、やくざたちにそう感じさせたのだ。

青磁のせいではないけれど、彼にはどこかあやうい魅力がある。

自分では気づいていないのか、わかっていて自分一人が犠牲になればいいと思っているのか。

では、自分の気持ちはどうなる。やっと想いの届いた恋人を差し出して、安穏としていられるとでも？

その苛立ちから、大悟は険しい声で突きつけた。

「……一人が相手では済まんぞ」

青磁はあきらかに強がりとわかる、軽い調子で言った。

「知ってるだろう。俺、好きなんだ、そういうの。どうせ泥《どろ》まみれだ、いくらでも踏んでくれってなもんだ」

汚《よご》れているから手が出しやすい、と言ったっけ。痛ましさに胸がきりきりと締め上げられる。青磁に、二度とそんな思いをさせはしない。

「俺は嫌だ、俺が許さん。あんたは俺のものだ、と言うたやないか！」

あ、と開いた唇に、自分の唇を押し付ける。

閉じる間を与えず、強引に舌を割り込ませ、相手の舌を絡め取った。

「んっ……っ……」

押し返そうとする肩と腰を強く抱き、さらに深く。仕上げに、口内をぐるりと舐《な》める。抱きしめたからだから、力が抜けるのがわかった。

口づけを解いたとき、青磁の強情《ごうじょう》も、解けてしまっていた。

青磁は掠《かす》れた声で訊《き》いてきた。

「……警察に行くつもり？」

いや、と大悟は打ち消す。

「たぶんそれで中林は助かる。俺もな。ただ、警察はあんたのことまで末永くガードしちゃくれない」

大悟にとっては、青磁の安全こそ一番大事なことだ。少しでも、危ない橋を渡るわけにはいかない。警察にできることの限界を、夜回り歴二年の自分は知っている。

「なら、どうするんだ」

途方にくれた顔から、大悟は目をそらした。自分はまだ、青磁に本当の自分を隠している。そしてこれからしようとすることは、考えようによっては、青磁がしてきたことよりはるかに汚い行為なのだ。

それでも。誰にどう思われようとも、彼を守るためなら泥をかぶる覚悟はできている。

大悟は胸のつかえを隠して、不敵に笑って見せた。

「ひとつだけ、ルートがあるんだ。卑怯《ひきょう》な裏設定だけどな」


博多《はかた》のホテルで待ち合わせたとき知らされた番号が、まだ携帯に残してある。

くもの糸だと思った。あの男との間に残した、一本の細い糸。

しばらくその番号を眺《なが》めてから、息を吐《つ》き、発信ボタンを押した。心のどこかで、番号が変わっていればすべては終わり、そのときは青磁とともに沈《しず》めばいいのだ、と思っていた。

電話は繋《つな》がった。向こうにも、この番号は残っていたらしい。

『――大悟か』

その声に、ざわっと血が反応した。懐《なつ》かしさと慕《した》わしさがこみ上げる。

「会ってほしい。急ぐんだ。勝手ばかり言って、申し訳ないけど……」

一時間後、大悟は車を走らせていた。

どちらかが相手の住む街へ行くよりも、両方から出発して中間点で会った方が早いだろう、と、父から実際的な提案をされた。大悟のせっぱつまった思いを、察してくれたようだった。

青磁には、戸締まりをやかましく言って出てきた。彼の不安そうな目が心に残る。

カーナビに従って車を走らせ、指定された海のそばの二十四時間カフェに着いたときは、まだ夜明けは遠かった。

このあたりは二つの商業都市の中間で、海岸線が美しい。海水浴場も点在しており、夏には家族連れで賑《にぎ》わう。今の季節は、海鮮料理と静かな環境が売りだった。

名前を告げると、個室に案内された。父はすでに待っていた。

「三年、いや四年になるか」

そう呟いて目を細める。

「立派になった」

「ご無沙汰《ぶさた》して……」

ただ頭を下げるのへ、父はメニューを差し出してきた。

「何か食べるか」

「俺、腹は」

父は、さっと真顔になった。

「――それどころじゃないか」

手を上げてウエイトレスを呼び、

「コーヒーを。こちらにも」

すぐ運ばれてきたコーヒーに手もつけず、大悟はテーブルに両手をついて、表面に額をつけるような深いお辞儀をした。

「助けてほしいんです！」

一度は拒否した父にすがりついている。虫のいいことを言っている、と思う。それでも、青磁を守るためなら、自分はどんな恥知らずにもなれる。

「どこの組と揉《も》めたんだね」

大悟は、ぎょっとして顔を上げた。

「その様子を見ればわかる。何年、こういうことをやってると思う」

父は、ほろ苦い笑みを片頬に刻んでいた。

ごくりと唾《つば》を呑《の》み、大悟は腹を割った。よまわり隊の活動も含めて、簡単に事情を話す。

「それで、仲間がヤクザに人質にとられました。返してほしければ、俺と、俺の……守りたい人と、二人で来い、と」

青磁の性別はあえてぼかしたが、父はその点を問いただそうとはしなかった。

「最悪、俺はどうなってもいいんです。仲間を無事に返してもらえるなら、どんな目に遭《あ》わされても。でもあの人は、絶対、やつらには渡せない」

「――で、相手は？」

「海山会《かいざんかい》の系列で、桐野《きりの》一家、ごぞんじですか」

父は、胸ポケットの中で携帯を鳴らしたようだった。どこに控《ひか》えていたのか、ガタイのいい黒服の男がすぐ現れた。

耳打ちを黙って聞いて、男は影のように姿を消した。

「まあ、飲みなさい。ひどい顔色だぞ、おまえがしっかりしなくてどうする」

大悟は、ぬるくなったコーヒーを口に含み、無理に飲み下した。囚《とら》われている中林のこと、家で案じているだろう青磁のことを思うと、味などわからなかった。

「この機会に、おまえに話しておきたいことがある」

大悟がコーヒーを飲み干して、いくらか落ち着いたと見たのか、父はゆっくりと語りだした。

「自己弁護は、それも、放っておいた息子に言い訳するのは、男らしくないと思っていた。だが、黙っていれば、聡美《さとみ》の気持ちまで無にすることになる。あれを妻にしなかったのも、おまえを認知しなかったのも、おまえのためによかれと思ったことだった……」

父の人生は、ある意味、残酷《ざんこく》なものだった。

組長の次男坊に生まれたものの、立派な、と言っていいかどうか、適性のある長男がいたので、父は組とはかかわりなく生きるつもりだった。それが許されていたはずだった。

大学を卒業した父は、福岡でまともな仕事についていて、同じく北九州から福岡に出てきて働いていた母と出会い、愛し合うようになった。

ところが、そろそろ入籍《にゅうせき》をというときに、抗争の中で、唯一《ゆいいつ》の後継者と目されていた父の兄は死んだ。継承の乱れによる抗争の激化を抑えるために、組は正当な後継者を必要とした。父は、苦渋の決断を迫られたのだ。そして——。

「母さんは、納得したんですか」

しなかったさ、と父は苦笑した。

「自分には姐《あね》は務まらない。ならば、陰《かげ》の女でもかまわない、とまで言ってくれた。だがそのとき、おまえが腹にいるのがわかったんだ」

ひと呼吸おいて、

「だから、別れを納得した」

——だから……？　だけど、じゃないのか？

その疑問に応《こた》えるように、父は母の言葉をなぞって聞かせた。

「子供が生きがいになる。別れても繫《つな》がる糸がある。だから別れられる、と」

ようやく意味がわかった。母の思いの強さがわかる。胸がいっぱいになって、涙があふれた。

「私も賛成した。わが子には、自分のような思いはさせたくなかったんだ。認知したら、私との縁《えにし》が戸籍《こせき》に残る。いつか私のように、この世界のしがらみに縛《しば》られるかもしれない。一度足を突っ込んだら、おいそれとは抜けられない世界だ。おまえには、自由に生きてほしかった」

たしかな肉親の情愛が、ひたひたと寄せる。

——この人は俺の親だ。そして母の愛した男だ。その間に生まれた自分を、恥じることなどない。

大悟がそっと目を拭《ぬぐ》ったとき、父は冷やかすような声をかけてきた。

「今のおまえなら、私や聡美の気持ちを、きっとわかってくれるだろうと思ったよ。おまえにも、自分以上に大切な人ができたようだからな」

どぎまぎして何も言えないでいると、さっきの男が戻ってきて、低い声で父に何事か告げた。

父はうなずき、席を立った。

「すぐに手を打つ。おまえは家に帰っていなさい」

「手を打つ」ところは見せたくないのだ、と思った。あくまで自分を、組とはかかわりのないところに置いておこうとしてくれる。それが父の愛ならば、甘えようと思った。

家には入らず、手前の空き地に車を停めたのは、はっきりカタがつかないと、青磁に報告はできないと思ったからだった。かえって気を揉ませるだろう。

首を車の窓から突き出して、様子をうかがう。何事も起こってはいないようだ。

待つほどもなく、携帯が鳴った。

カフェで別れてから、一時間足らず。その速さに、大悟は父の立場を思い知った。父は自分の組の名を明らかにしなかったが、見当はつく。

『桐野の事務所に、仲間を迎えに行きなさい。念のため、一人つける。その男には、おまえは何も言わなくていい。礼も言うには及ばない』

まもなく大悟の車の横に、黒っぽい国産の普通車が止まった。

「邦光《くにみつ》大悟さん？」

いかにもな黒眼鏡などかけてはいないが、何ともいえない威圧感《いあつかん》のある男が降りてきて、運転席の窓から声をかけた。

三十代半《なか》ばだろうか。やせぎすでも、鋼《はがね》のような筋肉の持ち主だとわかる。武道の心得もあるように見えた。ちんぴら風情《ふぜい》ではない。

男に促されて、そちらの車に乗り込んだ。

「北芝でしたね？」

男は確認をとり、車を出す。

「お友達がご心配でしょうが、まあ大船に乗ったつもりで」

大悟が組長の息子とは知らされていないらしく、恩着せがましく言う。組の誰かと関わりがあって、庇護《ひご》してやっているとでも考えているのだろう。

こういう頼まれ事を解決することで、やくざは存在理由を得ている。この街で必要悪となってしまったのも、わかるような気がする。毒をもって毒を制す、ということだ。わが親を「毒」とは、今でも思いたくはないけれど。

北芝の事務所についたとき、すでに夜は青く明け始めていた。ひとつだけ、煌々《こうこう》と灯のともっている窓がある。

運転してきた男は、迷わずその窓の下に行き、指の関節で三度ガラスを叩いた。すぐに、そばのドアが開き、殺風景な小部屋に招き入れられる。

奥の机に足を投げ出して座っていた男が、機嫌よく手招きした。

「おう、来たか。ずーっと入れや」

その横のソファでは、中林が人相の悪い男に肩を抱かれて泣きそうな顔をしていた。

「邦光う……」

部屋の主《あるじ》の隣には、あのとき頬骨を砕《くだ》いてやった男が立っていた。すごい目でねめつけ、一歩前に出かかるのを、

「わきまえんか」

主が野太い声で、びしっと叱《しか》る。

この男は、大悟にむかっては、むしろにこやかだった。

「仙石組《せんごくぐみ》のトップから、じきじきの手打ち依頼やけえ、しょむなか。これに懲《こ》りて、素人《しろうと》があまり跳ね上がんなさんな」

やはり推測したとおりだった。父は西の雄《ゆう》とされる仙石の組長なのだ。覚悟していたことだが、その重さが胃にこたえる。

「ほれ。行っていいぞ」

肩を摑んでいた手を放されても、中林は半信半疑で、おそるおそる立ち上がった。それから、だっと飛び出してきて、ラグに足をとられてけつまずくのを、大悟が危うく受けとめた。

「バーの兄さんもおかまいなしや、オカマだけに、のう」

その場の下っ端たちは、わざとらしいお追従《ついしょう》笑いでこれに和した。

それまで黙ってそばに控《ひか》えていた父の部下は、一歩進み出て、相手の幹部に深く頭を下げた。

「ご配慮《はいりょ》に感謝します。親分さんに、よしなにどうぞ」

裏でどんな取引があったのか。

金か利権でも動いたのか、父が借りを作ったことになっているのか。

大悟にはわからないことだった。

三人一緒に表に出たが、全員が車に乗り込むまで、父がつけてくれた男の緊張は解けてはいなかった。

ハンドルを握ると、さすがにほっとした様子で、大悟に声をかけてきた。

「家に戻るかね？」

「みな心配してると思うんで、よまわりの待機所に……駅前です」

仲間たちの詰め所に、とりあえず中林を送り届け、自分はそのまま家に送ってもらった。青磁のことが心にかかっていたのだ。

敵地を脱出してすぐ、「解決した。これから帰る」とメールを入れておいたが、早く顔を見せて安心させたかった。

家の前に車の止まる音を聞きつけたのか、玄関の引き戸が激しい音をたてて開いた。玄関先に立つ青磁の姿に、ほっとした。

向こうもそれは同じだったとみえる。血の気の失せた顔に、みるみる生気が戻るのがわかった。そして、車から降り立った大悟の胸に、ぶつかるように飛び込んできた。

大悟はしっかりと抱き止めて、ふと後ろを見やった。車の中で、送ってきてくれた男があきれ顔をしている。父にどんな報告を入れるか知れたものではないが、かまうものか。たぶん、父にはわかっているという気がした。

車が走り去る音を背に、青磁を抱きかかえたまま、玄関に入る。

さすがに疲労を覚えて、ダイニングの椅子に腰を落とした。

正面に立つ青磁の瞳からは、まだ怯《おび》えが消えていない。

大悟はその手を引いて、自分の膝に誘う。青磁は一瞬、抵抗するそぶりを示したが、強く抱きしめるとくたりと力が抜けて、大悟の胸にからだを預けてきた。

「……本当に、解決、したのか?」

「うん、もう心配ないから」

幼い子供にするように、癖《くせ》のない黒髪を撫でてやる。肩に頭を載せてきた青磁は、すんと鼻を鳴らした。半泣きだったのか。

大悟も、ほうっと息を吐いた。父の力を借りた疚《やま》しさはあるけれど、中林も青磁も、失わずにすんだ……。

とはいえ、まだ大悟には、直面しなくてはならない問題が残っている。正直、気が重い。今日明日は無理だ、心の準備をする時間がほしい。

だが、もうこれ以上青磁を不安がらせたくなくて、大悟は無理に笑った。

「よまわりのネットワークやら、道場のコネやらで、警察とも裏でコチョコチョできるんだ。もっと俺を信用して?」

青磁のこけた頬に、ぎこちない笑みが浮かんだ。

「信用はするけど……今夜は、なるべく近くにいたい……」

「今夜っつうか、もうほとんど朝だけどな。でも、ひと眠りしよう。くたくただ」

大悟は、和室に敷いてあった二つの布団をくっつけた。

そして互いに手を握ったまま、ことんと眠りに落ちた。どちらが早かったかは、わからなかった。


目が覚めたときは、感覚がおかしくなっていたのか、光の加減を早朝と勘違いした。それほど長く眠ったという意識はなかったのだ。

じっさいには午後遅く、もう夕方と言ってもいい時間帯だった。

大悟は、ぼうっとした顔の青磁に、壁の時計を指さしてみせた。

「おいおい。十時間は寝てるぞ」

どれだけ精神的に疲労していたか、その後の安堵《あんど》が大きかったかがわかるというものだ。

布団を片付けた青磁は、「店に行ってみていいか」と言い出した。

「俺も行くよ。万に一つも『協定違反』はないと思うけど」

それを聞くと、青磁はほっとしたように微笑んだ。

そんなふうに、素直に大悟に頼ろうとしている青磁が、可愛くてならない。

危険を感じなくても、いっときもそばを離れたくないと思ってしまう。昨夜の青磁の甘えがうつったのだろうか。

店には、鍵《かぎ》もかけずに逃げてきた。組同士で話がつく前に、連中に荒らされたおそれもある。片付けや掃除に時間がかかるかもしれない、と青磁は案じた。

「向こうで、食べられる状態かどうかは……」

「うちの台所で何か作って、腹に入れていくか」

何がいい、と訊《き》かれて、大悟は早速「甘えた」を発揮《はっき》した。

「んじゃ、ホットケーキ。姉さん直伝《じきでん》の」

それこそ、危機を脱したお祝いにふさわしいご馳走だろう。

だが、青磁の「メープルはある？　小麦粉とバニラは？」というもっともな突っ込みに、あえなく断念した。

大悟のがっかり顔をのぞき込み、青磁はいたずらっぽく笑った。

「それはこの次ということで。何があるか見ていいか？」

青磁は冷蔵庫やシンク下を漁《あさ》り、ありあわせのものを使って、てぎわよく軽食を整えた。固めにゆでたそうめんに、野菜とハムを炒《いた》め合《あ》わせた一皿と、朧昆布《おぼろこんぶ》とネギを散らしたすまし汁。

そんな間に合わせの食事だが、大悟は「うめえ、うめえ」と舌を鳴らした。半日ぶりにありついたからというだけでなく、青磁の料理の腕前はなかなかのものだと感じた。

「バーテンダーって、料理の勉強もするのか」

お代わりしたソーメンチャンプルーをぺろりと平らげ、大悟はそう尋ねてみた。

「いや。ホテルでは、酒しか作らなかったな。料理は『難破船』で覚えたんだ。純粋《じゅんすい》に酒を楽しむ人だけのための店じゃないからね」

高級店ではないが、地域の住民に愛される。そういうざっくばらんな店を「ネイバーフッドバー」というのだ、と青磁はつけ加えた。

その種の知識を披瀝《ひれき》するのにも、こだわりがなくなったようだ。

にやつく大悟に、青磁はちょっと顔を赤くして「なんだよ」と唇を尖らせた。

すっかり暗くなる前にと、店に向かう。

車をコインパーキングに停め、一緒に歩いて店まで来た。鍵のかかっていないドアを、おそるおそる開けてみると、やはり、連中の痕跡《こんせき》があった。床には乱れた靴跡《くつあと》、そしてタバコの吸《すい》殻《がら》がいくつも転がっていたのだ。

カウンターの中に入った青磁は、悔しそうな声を上げた。

「やられた。酒が何本もなくなってる。それも高級なやつばかり」

青磁は、盗まれた酒を確認し、「在庫があるかどうか見てくる」と言って、階段裏の倉庫にもぐりこんだ。

大悟は、床の掃除にかかった。ダスターで吸殻と土埃《つちぼこり》を集めていると、外に複数の靴音と人の気配が動いた。

ダスターを棒術のように構え、身を低くする。やくざどもが、協定を破って戻ってきたのかと思ったのだ。

だが。

「準備中ってなってるよ」

「でも、誰かいる……やっぱりここじゃね？」

「あ。開いてる」

入ってきたのは、よまわり隊の主《おも》だったメンバーだった。中林は、彼らの真ん中で小さくなっている。

「邦光、家にいなかったから、もしかしてと思って」

案内してきたことを詫《わ》びるように目をしょぼつかせる中林に向かって、大悟は硬い顔でうなずいた。

大悟と同い年の、法科大学院生であるリーダーが、まず口を切った。

「中林からざっと事情は聞いたけど。君からの釈明《しゃくめい》はないのか？　携帯も切って、どういう気だ？」

「ここ、客商売なんで。明日にでも、俺が待機所に行くよ」

電話で済む話でも、他人の店でするような話でもないと示唆《しさ》したのに、激昂《げっこう》していて、気が回らないようだ。

他のメンバーと一緒になって、口々に大悟を弾劾《だんがい》する。

「邦光、ヤクザ連れてきたって？　信じらんねえ」

「なんか関係があるのか。仙石組って、久留米《くるめ》で何度も抗争起こしてるヤバイ組なんだろ」

その組長と親子だとは、さすがに言えない。

「ちょっと……知り合いのツテで」

素早い目線が交わされる。

「見損なったよ」

空手道場の後輩に当たる大学生が、嫌な笑いかたをした。

「防犯のサブリーダーが、まさか暴力団とつるんでるとはね」

「揉《も》め事《ごと》の仲介をヤクザに頼むって、市民として、一番やっちゃいけないことだよね」

生真面目《きまじめ》な女子大生は、尖《とが》った声で切り捨てた。

ことここに至っては、何を言っても無駄だと思った。

「申し訳ない」

大悟は、膝に手を置いて、深く上体を折った。

「俺の関係者がきっかけで起こったことだ。俺も短慮なことをした。だから、誰も傷つかないようにと考えて動いた。卑怯な手段だったってことは、わかってる」

ひと呼吸おいて、

「除名されても文句は言わない」

もう一度、頭を深々と下げる。

「すまなかった」

大悟がなにひとつ抗弁しないので、気を殺《そ》がれたのか、よまわり隊は、早々に引き上げた。

大悟は、フロアに黙然とうなだれていた。

自分がしたことは、まったくもって正しくない。だが、ああしなければ、どうなっていたか。警察からは、よまわり活動は非行やマナー違反に限るように、やくざには関わるなと釘《くぎ》を刺されていたのに、絡んでしまった。こんなことが公《おおやけ》になったら、活動そのものが潰《つぶ》されてしまいかねなかったのだ。

背後で、空気が動いた。振り向くと、青磁が青い顔で立ち尽くしていた。

「俺のせいなんだな。俺がバカなことをしたせいで、大悟はよまわりから追い出されるんだな」

虚《うつ》ろな表情に、胸がかきむしられる。

「青磁、それは違う。おまえはきっかけ、動機にすぎないんだ。バカをしでかしたのは俺だ。俺の判断で、ヤクザを使った。じつは……俺はヤクザの息子だ。おまえより、ずっと軽蔑《けいべつ》される種類の人間なんだよ！」

青磁はゆるく首を振った。

「親のことは……大悟の責任じゃないだろう。俺は、たとえトラウマが元だとしても、自分の意思で自分を汚したんだ」

きっと顔を上げる。

「今度のことだけじゃない。俺の人生の汚点が、いつどこであんたの邪魔をすることになるかもしれない」

そして、吐息とともに漏らした言葉は。

「終わりにしよう」

「何言ってんの？　ろくろく始まってもいないよ？」

即座に大悟は、あえて明るく撥《は》ね返《かえ》した。本気にしたくなかった。

そうだ、彼とはまだキス止まりだ。キスだけで、青磁がすごく幸せそうな顔をしたから、大悟はそれで満足してしまった。

それに、がっついて、カラダだけが目的だなんて思われたくなかった。年上の、いろいろと経験豊富な男に対して、少しは余裕のあるところも見せたいと、せいいっぱいの踏ん張りで抑えたのだ。

「だから、だ」

青磁は、はかないとしか言いようのない微笑を浮かべていた。

「今なら、傷は浅い」

こんなことなら、もっとしっかり絆《きずな》を結んでおけばよかったのか。大悟はホゾを噛む思いだった。

己の節を曲げても、仲間の非難を浴びようとも、青磁を失いたくなかった。誰かをこんなに好きになったのは、生まれて初めてだった。

その想いは、青磁に届いていないのか？

二の腕を摑み、強く揺すぶる。

「立場がまずくなったら、俺がおまえを捨てるとか思うんか？　その程度の男だとでも……」

「違う。俺が、俺自身が嫌なんだ。何もおまえのために身を引こうなんて、殊勝《しゅしょう》な心がけじゃない！」

先日の自分の論法と同じだと思った。つい、聞き入ってしまう。

「俺だって……姉さんを助けた当座は、自分のしたことに悔いはなかった。親代わりの姉さんを、可愛《かわい》い姪《めい》を、救うことができれば、俺はどうなってもよかったんだ、と。だけど」

ごく、と息を詰まらせて、青磁は言葉を絞《しぼ》り出《だ》した。

「後になって、恨《うら》めしい気持ちを持ってしまった。どうしようもないんだ、理屈じゃない。俺なんかと関わらなければよかった。そんなふうにおまえに思われたら、俺は……っ」

整った顔が痛々しく歪《ゆが》む。

腕を摑まれていなかったら、顔を覆《おお》いたかったのだろう。大悟の手の下で、筋がぴくぴくと動くのがわかった。

こんなふうに、青磁を苦しませたくない。でも手放したくない。

二つの相反する感情の波に、大悟はもみくちゃにされていた。そのとき、はっと気づいた。青磁もそうなのかもしれない……。

大悟は、摑んでいた青磁の二の腕をそっと放した。そうするには、かなりの努力を要した。

そして、せいいっぱい冷たい声音で言い放った。

「……しょうがないな。あんたがそう言うなら」

青磁の体は、いきなり太い針にでも刺されたように、ぎくんとこわばった。黒い瞳が、いっそう深い暗黒に閉ざされるのがわかる。

大悟はいったん放した腕を摑み直し、ぐいと引き寄せた。

「ウソツキ」

はっと見開く瞳を、正面から覗《のぞ》き込《こ》む。

「口と目で、言ってることが逆やないか。俺はどっちを信じればいい？」

青磁の唇が震えて、透き通った滴《しずく》が頬にこぼれた。青磁が泣くのを初めて見た。涙の膜に覆われた瞳は、ひと筋の光にすがりつくように、ひたと大悟に向けられている。

「それが答えか。……よし、もう後戻りできなくさせてやる」

言うなり、大悟は青磁を何者かから攫《さら》うように横抱きにして、狭《せま》い店内を見回した。

「この店、ソファもないんだからな」

毒づいて、カウンターの角を回り込む。そして、青磁を引きずって、狭い階段を二階へと上がった。

もう逃げるつもりはなさそうだが、油断はならない。しっかり青磁を摑んでおいて、押入れを開け、布団を引き出す。片手で引っ張ると、敷き布団も掛け布団も、団子になって落ちてきた。大悟は、平らに敷き直す手間もかけずに、青磁をその上へ引き倒した。

青磁にまたがったまま、大悟は逸《はや》る思いを抑えて、ゆっくりと着ているものを脱いだ。目を瞠《みは》る青磁の表情が、ちょっと気になる。鍛《きた》えた体が凶暴そうに見えるのだろうか。

そういえば、拳を振り上げて怯《おび》えさせてしまったことがある。青磁を助けるためとはいえ、やくざを叩きのめすところも見られている。

大悟はおそるおそる訊いてみた。

「俺が怖いんじゃ、ないよな？」

青磁は涙の残る顔で微笑んだ。返事の代わりに、両手を投げかけてくる。腕立て伏せのように、大悟は両腕で、自分の体重を支えた。筋肉量の多い体は、見かけより重いはずだ。

なのに青磁は、じれったそうに、深く曲げた肘《ひじ》を摑んだ。

「もっと……来て」

その掠れた声にぞくぞくするのは、ほかならぬ青磁の方から誘ってくれているからだ。

大悟は片方の手を床からはずし、青磁の頰に添えた。そして、何度も小刻みに唇をついばんだ。そのまま、そっと体重を移してゆく。

やがて、もう片方の手も自由になって、青磁のからだの上をさまよいはじめた。

女のようには、起伏のないからだ。だが、肌はなめらかで、きめが細かい。左の腕には虫食いのような針跡が残るが、ほかの部分はしっとり艶《つや》のある小麦色に染められている。

薄い胸板の小さな尖《とが》りは、周囲よりやや濃い色あいだ。それを、交互に指で弄《いじ》る。指の腹にぷにっと当たる感触が心地よい。摘《つま》んでぐりっと転がすと、青磁は鋭く息を呑んだ。

「……っ」

乳首《ちくび》はみるみる充血して、膨《ふく》らんできた。

大悟はからだをずらし、乳首を唇で挟《はさ》んで、強く吸った。

「ひっ……」

青磁は、凹凸《おうとつ》のある布団の上で上体をそらした。ひと山乗り越えるように、胸から上が布団の谷に落ちる。そうすると、中心もずり上がって、大悟の胸のあたりに固くなったものが擦《こす》れた。

青磁はうわずった声を上げた。

「あ……これ、なに？　何か、当たる……っ」

青磁を弄っているうちに、触れてもいない大悟の乳首も、大きく固くなっている。それが青磁の先端を刺激しているのだ。

にじみだした滴に大悟の胸は濡れ、くちゅくちゅと音をたてる。青磁も感じていると思うと、濡れた皮膚がチリチリ熱を帯びるようだった。

「うっ……く」

大悟の喉からも、低い喘《あえ》ぎが漏れた。

「……やぁ…っ出るっ……」

え、と大悟が見下ろしたとき、その胸で青磁は弾《はじ》けた。青臭い匂いが胸元に広がる。

「ご、ごめ……」

身をちぢめて恥じらう青磁がいじらしい。

「いいって」

大悟は身を起こし、かたわらに脱ぎ捨てたTシャツでざっと拭《ぬぐ》った。

そして、青磁の体勢を整え、遠慮がちに下肢《かし》を開く。

大悟は、まだ萎《な》えきっていない青磁の雄《オス》に手を伸ばした。片手で強く擦《こす》り上《あ》げ、さきほどの暴発の残りを搾《しぼ》り出《だ》す。それを、そのまま後ろの窄《すぼ》まりに塗《ぬ》りこめた。

青磁はびくりと身じろぎした。からだが緊張にこわばっているのがわかる。

問いかける大悟の目に、青磁は言い訳するように返してきた。

「……後ろは、あまり、使ってないんだ」

これには、ちょっとびくついてしまう。男相手の経験のない自分が、彼を傷つけることなく、最後までできるだろうか。

それでも今、青磁とからだをつなげたい。たしかな絆がほしい。青磁を二度と、後戻りさせないために。

ならばこのさい、訊くべきことはひとつだと思った。

「俺を好き?」

青磁はこくりとうなずいた。

「何を、されたい?」

「大悟のを、俺に、挿《い》れて欲しい」

匂わす程度の言葉にさえ反応する大悟は、この直球にはひとたまりもなかった。痛いほどに昂ぶって下腹を叩く自身を、懸命になだめる。

後ろは慣れていないのなら、いきなりというわけにはいかないだろう。滑《ぬめ》る後孔《こうこう》に、指を一本だけ、おずおずと差し入れた。

「……ふ」

微《かす》かな吐息が漏れる。開いた両腿《りょうもも》の内側が、さざなみのように震えている。顔を見上げると、青磁は綺麗《きれい》な眉《まゆ》をわずかにひそめていた。痛がってはいないようだ。

大悟は唇を舐《な》め、指をもう一本、慎重《しんちょう》に滑り込ませた。

「……っ」

口のところの締め付けがきつくなる。だが、中はやわらかく、大悟の指をひたと抱きしめてくる。

早く、自身をこの温もりに埋め込みたい、青磁に包まれたいと気が逸った。

「も、いい……？」

青磁は目を閉じたまま、顎だけをうなずかせた。

指を引き抜くと、一瞬、粘膜が追いかけて絡みつく感じがあった。

すかさず、窄まりに猛《たけ》ったものの先端をあてがい、からだの位置を合わせて、先端をぐぷっと突き入れる。

覚悟していたが、最初の関門はきつかった。

「くっ……う、う」

青磁は、歯をくいしばって堪《こら》えている。

「声、我慢しなくていいから」

辛《つら》かったら辛いと、訴《うった》えてもらわないとわからない。あまりに痛そうな声を上げたら、そこで止《や》めようと決めていた。

だが青磁は、ほとんど声を上げることなく、耐え抜いた。

どうやら全部を収めて、

「ふ……」

大悟はひとつ吐息をついた。

入ることは入ったが、きつきつだ。青磁が狭《せま》いのか、自分が大きいのか。

それでも、動かないと終わるに終われない。後ろには抵抗があるらしいのに、受け入れてくれた青磁を、長く苦しめたくない。

腰で突くというより、そっと揺する感覚で、二度、三度。張り出した部分に何かが引っかかるような、微妙な感触があった。そのとき。

「……ひあ、ああっ⁉」

自分で上げた声に驚いたのか、青磁は手のひらをぴしゃっと口に当てた。その腕はぶるぶる震えている。

「声、我慢しないでって言ったろ」

同じことをさっきも言ったが、今度は意味合いが違う。自分の欲だ。青磁の感じている声を聞きたい。今みたいな、悩ましい高い声を、もっと。

そんな内心の欲求を知られたのだろうか。青磁は、ふるっと首を振り、涙目で恨《うら》めしそうに睨《にら》んでくる。それがかえって大悟の欲に火をつける。

大悟は、しっかり口に貼りついた手を強引に引《ひ》き剥《は》がし、布団の上に縫《ぬ》い止《と》めた。

「……いや……だ…」

掠《かす》れた声で、青磁は抗《あらが》う。

だが反対の手は、大悟の肩にしがみついたままだ。それが青磁の意思だと解釈《かいしゃく》し、大悟は、さっきの感覚を再現しようとした。

少し引いて、ゆっくりと沈めながら上下に揺らす。上に擦りつけたとき、青磁の腰はびくんと跳ねた。

さっきは筋のようなもののあったあたりが、固く膨《ふく》らんでいるようだ。

「ここ?」

「ちが……、た、大悟っ、やだあっ……」

大悟、大悟と青磁は切迫した声を上げる。ときどき「イヤ」という音が混じるが、名を呼ぶのは拒むためじゃない。大悟を求めているのだと、肩に食い込む指が教えてくれる。その痛みさえ、いとおしい。

甘い悲鳴に、耳が溶かされそうだ。

「ひあっ……こんな、の、初めて……っ」

内部だけではなく、青磁の全身が波打つようにうねる。その波は最後にかかとに行きついて、揺れを止めようとするように、ぐっと布団に突き刺さった。

「あう…う……んんっ……はぁ……っん！」

もう、意味のある言葉はない。一匹のしなやかな獣《けもの》のように、大悟の下で青磁は喘《あえ》ぎ、悶《もだ》えていた。

——よかった。青磁、いいんだ……。

そう囁いたつもりだったが、大悟の声も、獣じみた唸《うな》りにしかならなかった。

もっとよくしてやりたい。だが、もう余裕がない。ぐいぐい締め上げられ、もっていかれそうになっている。

くっと歯を食いしばり、大悟は大きく腰を動かし始めた。

波間の小舟のように激しく揺さぶられ、青磁は続けざまに嬌声《きょうせい》を上げた。

「やぁっ……も、だめ……あ、ああっ」

その声に煽《あお》られて、スピードが上がる。

——あ、来る。

大悟は大きく息を吸って、止めた。

解放の瞬間、青磁は叩きつけられたものの熱さを内奥《ないおう》で感じたかのように、びくびくっと下腹を痙攣《けいれん》させた。それにつれて、勃《た》ち上《あ》がっていた青磁の雄が、白濁《はくだく》を振りまく。

青磁のからだから力が抜け、立てていた膝の片方が、ぱたりと倒れた。薄く開いた唇が、深い吐息を零《こぼ》す。

きわまったとき、その唇からほとばしった言葉。

——初めて、って言ったよな。

自分に抱かれて初めて快楽を知ったというのなら、青磁の最初の男は自分だ。過去なんか、何度でも上書きしてやる。

大悟は、青磁の腰を捉《とら》えていた手を放し、その顔を挟んで唇にキスを落とした。すべてをまた一から始めるために。


今度は、やけに早く目が覚めた。

まだ宵《よい》の口から何度もからだをつないで、そのまま早寝してしまったからだろうか。

腕の中の青磁は、思わず寝息を確かめたくなるほど、疲れはてている様子だ。

大悟も、快いけだるさを感じている。青磁を満たし、青磁に満たされた。

ちょっとやり過ぎかなと思わないでもないが、最初より二度目三度目と、よくなっていったんだから許してほしいところだ。

どちらからともなく寝つぶれて、男二人にはいかにも狭いひとつ布団で、青磁を背中から抱えるようにして眠った。それもまた、深い充足につながっている。

青磁はどうだったのだろう。

——のどが渇いたな。

二階には、ミニキッチンさえない。店舗の二階というのは、けっこう不便な造りだ。オーナー夫妻が、ほかに家をかまえているのも無理はない。

青磁を起こさないように、そろそろと体を布団から出していって、足音を忍ばせ、半裸のままで階段を下りる。

L字カウンターの内側、いつも青磁が立つ場所に入った。

冷蔵庫を開けて、ミネラルウオーターのボトルから、適当なグラスに注ぐ。

冷たい水が体の中心まで、すとんと落ちてきて、全身がすっきりと目覚めた。

まぶしい。何がきらきらしているのかと見れば、ドアのステンドグラスから、夜明けの光がさしている。

——中からは、こんなふうに見えていたのか。

自分はいつも、店の中からこぼれてくる光を求めて、ここに来た。青磁は店の中から、こうして夜明けの光を見て、何を感じていただろう。

——もっと早く、あいつの苦しみに気づいてやればよかった。

何も知らないで、傷の上を擦るようなことを何度もしてしまった。うんと大切にすれば、少しは罪滅《つみほろ》ぼしになるだろうか。

いや、そんなことより、自分が青磁を守りたい。大切にしたい。これからは己の力で。

ぎしっと階段がきしんだ。

「大悟」

現れた顔は、疲れが滲《にじ》んで今ひとつ顔色がさえないが、満ち足りて見えた。目の下のくすみにも、艶めいたものを感じる。その窶《やつ》れも艶も自分が与えたものだと思うと、申し訳ないけれど誇らしい。

青磁は駄々っ子のように、昨夜のことを蒸し返した。

「おまえと離れたくはないけど、やっぱり、俺のせいでおまえが仲間を無くすのはイヤだ」

カウンターにグラスを置いて、大悟は向き直る。

「おまえ、あの活動をしてなかったら、俺を助けようなんて思わなかっただろう？　あの日、『難破船』の周りをパトロールなんて、しなかっただろう？」

だから……辞めてほしくない、と付け加えて、青磁はうつむいた。

大悟はその体を、ぐっと抱きすくめた。

「仲間とは、落ち着いたらちゃんと話し合う。俺の父がヤクザだってことも。知ったうえで、仲間に入れてもらわないと、意味がないと思うから」

それがどれだけ難しく、重いことなのかはわかっている。

防犯活動のサブリーダーと仰《あお》いでくれた人たちに、出自を打ち明けるのは勇気が要《い》るだろう。だが青磁も、勇気をもってすべてを打ち明けてくれたのだ。自分にできないはずはない。

大悟は、自分自身に言い聞かせるように、ゆっくりと繰り返した。

「大丈夫だ。いつかはわかってもらえる。だって俺、親父をわかったから。親父が、俺や母さんを捨てたんじゃないってことが、あんたのおかげでわかったんだ」

それから、青磁にもまだ刺さったままの棘《とげ》があることを思った。

「あんたの姉さんにも、何か事情があったはずだ。いつかきっとわかる日がくる」

青磁の背が細かく震える。声を殺して泣いているのだと気づいた。

腕をゆるめ、その目尻《めじり》に唇を寄せる。涙はしょっぱかった。甘いもので中和したくなる。

「ゆうべ、ホットケーキ食べ損なっただろ。今、焼いて?」

腕の中で、青磁はくっと笑った。その振動が胸に響いて、甘く揺すぶられる。覚えのある感覚がこみ上げてきた。

そっちを先にオーダーしていいものだろうか、と大悟は悩んだ。

KISS ME TENDER

青磁《せいじ》は、壁の時計にちらりと目をやった。もうすぐ午前三時。客がいるときは定時の午前四時まで営業する。しかし、誰も来なければ、早めに閉めてもいいのだ。

この『難破船《なんばせん》』で働くようになってから、青磁は閉店時間を気にしたことはなかった。客が粘れば、しいて追い立てようとは思わなかったし、ぎりぎりの時間に入店してきても、にこやかに受け入れた。

カウンターの内側以外に居場所はなく、したいことも会いたい人もいなかったからだ。今は、少々事情が違う。

時計が三時を打つと、待ってましたとばかり、青磁は片付けにかかった。あとはゴミを出すだけ、というところで、チリリンとドアチャイムが鳴って、中年の酔客《すいきゃく》が顔をのぞかせた。

「ちっと飲み足りねえんだわ。ウイスキー、ロックで」

好みの銘柄《めいがら》を聞いて、青磁は手早くオンザロックを作る。顔には出さないが、早じまいできなかったのが、少しばかり残念だった。

だが客は、心配したほど長居はせず、十五分ほどで出ていった。青磁はゴミ出しのついでに「準備中」の札をドアに掛け、鍵《かぎ》を閉めた。

青磁は階段を二階へたどった。気持ちが逸《はや》るが、荒い足音を立てないように、そっと上がる。ドアを静かに開け閉めして、居室に滑《すべ》り込《こ》んだ。四畳半の和室には二組の布団がのべてあり、奥の方では若い男が熟睡《じゅくすい》していた。

眠っている顔立ちはむしろ可愛《かわい》いくらいだが、布団からはみ出している足首も肩口も、がっしりとたくましい。

このからだが自分を抱いたのは、つい数日前のことだ。

かつて、やくざたちに襲われたときは、身がすくみ、手足は冷たく凍《こご》え、息を吸うことさえ苦痛だった。

だが、大悟《たいご》に組み敷かれたとき、恐怖はなかった。あったのは、嵐の海から港にたどりついたような安らぎと、全身を浸《ひた》す幸福感……。

青磁は布団のわきに膝をつき、恋人の寝顔を眺めて微笑《ほほえ》んだ。

大悟がこうして『難破船』に泊まり込むようになったのは、あの事件の直後からだ。

「解決した、もう心配ない」と大悟は言ったが、それでもやくざたちのお礼参りを警戒しているのだろうか。

マスターにことの次第を知らせると、経営上の観点からも、やくざと揉《も》めたことは、あまり公《おおやけ》にしない方がいいだろうという判断だった。それで、常連客の不審を招かないように、荒らされた店舗《てんぽ》を片付けてすぐ営業を再開することにしたのだ。

大悟は片付けから開店準備まで手伝ってくれて、なにしろ体力自慢の男だから、おおいに助かった。しかし、部外者を店に泊めることについては、青磁としても少々気がとがめている。

じつは、あの事件が起こる少し前から、マスターは店から足が遠のいていた。詳《くわ》しくは聞いていないのだが、体を悪くして介護の必要な身になっていた老妻の状態が、どうも思わしくない様子だった。

今度オーナーが店に来るときまで待つか、あるいは奥方を見舞う電話をかけて、そのついでに、大悟を住まわせていてよいか、訊《き》いてみるつもりだった。

住まわせるといっても、大悟はべったり『難破船』にいるわけではない。週に六日は、スポーツクラブの仕事がある。さらに大悟には、もう一つの「仕事」があった。それは、無給なだけでなく、誰からも認められもしない仕事だ。

仲間に「やくざを使った」ことを責められて、大悟はよまわり隊を自主的に脱退した。よまわり隊の記章もパーカーも、大悟は市に返納している。リーダーを通してのことだろうが、黙って受け取ったということは、大悟の脱退はあっさり認められたのだろうか。

大悟は、そこのところを詳しくは話してくれない。聞かせれば、青磁が気に病むと思っているのだろう。じっさい、気に病んではいるけれど。

だからといって、どうしようもないのだ。自分にできることは、彼のそばにいること、彼を信じることだと思う。

そうしてよまわり隊と決別した今も、大悟は独自に夜回り活動を続けている。

腕っぷしの強い大悟は、これまでも単独行動をとることは、ままあったようだ。だが今は、何のよりどころもない身の上だった。母港を持たない戦艦のような立場だ。

「このステンドグラスがいいなあ」

しばらく『難破船』に寝泊まりすると決めて、手回り品だけを持って越してきたとき、大悟はドアの前で言ったものだ。

「なんか温かくてさ。『お帰り』って言ってくれてるみたいだ」

この店が、というより、自分が大悟の帰る場所になっているようで、青磁は嬉しかった。

ただ二階で暮らすだけでなく、客がたてこんでくると、大悟はカウンターの内側に入ってきて、洗い物を手伝ってくれたりもする。

それでも、朝は遅く起きていい青磁と違って、大悟には午前中から仕事が入っているので、看板まで粘らせず、先に上でやすんでもらうことにしている。

そして、青磁が店じまいをして上がってくるときには、たいてい大悟は深い眠りの中にあるのだった。

青磁は大悟の寝顔を堪能《たんのう》すると、立ち上がった。

脱いだジレをハンガーにかけ、洗面所に行って、シャツを洗濯《せんたく》かごに放り込む。

シャワーは仕事前に浴びることにしていたのだが、このごろは眠る前にも、ざっと流すようになっていた。一日の汚れをつけたまま、大悟と共寝はしたくないからだ。

この季節、浴槽《よくそう》に浸《つ》からないとさすがに寒い。湯温を熱めにして、叩きつけるように浴びる。

寝支度《ねじたく》を済ませて戻ると、青磁は自分の布団に横たわった。せっかくシャワーで上がった体温が、冷たいシーツに吸い取られるようだ。

ぎゅっと身を縮《ちぢ》め、しばし、隣の寝息に耳をすませた。深く大きい、健《すこ》やかな呼吸。このぶんなら、目を覚ます心配はないだろう。

青磁は身を起こし、大悟の掛け布団の端をそっとめくって滑り込んだ。心地よい温《ぬく》もりと大悟の匂いに包まれる。

ほうっと吐いた息は、少し大きかったのかもしれない。起こさないようにと気を使ったのに、薄く目が開いて、青磁を認めたようだった。

「ごめん……」

起こしたことを詫《わ》びたのだが、はっきり目覚めたわけでもないのか、大悟はまた目を閉じた。だが腕は、青磁の背に回っている。確かめるように上下に撫《な》でて、

「俺、早く出るけん……起きてられんくてごめん、な……」

語尾は鼻声になって、大悟はそのまま眠り込んだようだった。

青磁は、絡められた腕をほどこうとはしなかった。多少窮屈《きゅうくつ》だが、この方が暖かい。

朝——というか、自分が起きるのは昼近くになる。そのとき大悟は、もう仕事に出ているはずだ。

今だけは、こうしていたい。互いのぬくもりに包まれて、いい夢を見よう。

青磁は、厚い胸に顔をすり寄せた。

その日は、大悟が『難破船』に泊まり込むようになって、初めての店休日だった。青磁はいつもより早起きした。大悟は毎朝、そっと身支度して出ていくので、気が付いたときには隣の布団は空《から》っぽなのだ。

こうして一緒にバーに下り、彼の朝食の給仕までして見送るのは、初めてのことだった。

「休みなのに、早いんだな」

カウンターでトーストを頬張りながら、大悟が言うのに、

「休みだから、さ」

いたずらっぽく返すと、相手は不思議そうに目を瞬《しばた》いた。

今日をどう過ごすつもりなのか、青磁はわざと言わなかった。胸のうちに、ある企《たくら》みを抱《かか》えていたからだ。

大悟は水曜日、店近くのミヤコスポーツクラブで、二つのレッスンを受け持っている。大悟の勤務形態をすべて把握《はあく》しているわけではないけれど、水曜日だけは、はっきりわかる。

青磁にとって、「水曜日」は特別な日だった。

大悟と出会った日。

かつて青磁は、店休日といえば、夜になると出会いを求めて街をさすらっていた。そういう

場所が、店からほど近いところにあるのがわかってからは、休みのたびに、出入りしていた。あの日は話がまとまって、男に店から連れ出された公園で、たちの悪い少年たちに絡まれたのだ。

そこへ、騎兵隊のように大悟が登場した。

助かった、ありがたいと素直に喜べなかった。すっかり気持ちが荒《すさ》んでいた青磁には、彼の真心さえも気に障《さわ》った。

それでも自分を見放さない大悟にほだされて、勤める店を教えてしまった。二度と交わらないはずだった二人の航路が、そこから一つに撚《よ》り合《あ》わさっていった……。

腹ごしらえを済ませた大悟が出ていくと、青磁は再び二階に上がった。「お見送り」は叶ったが、もう一つの計画を実行するにはまだ早いだろう。

青磁は、ふだんいい加減にしている掃除や洗濯《せんたく》に精を出した。

ベランダともいえない、狭い窓いっぱいに男二人の洗濯物を干していると、洗剤の香りの向こうに、大悟の匂いがかすかに感じられるようで、からだの芯がじわりと熱を持つ。

行きずりの男たちに対して、そんなふうに身も心も昂《たか》ぶったことはない。欲しくなったのは大悟だけ。抱かれて悦《よろこ》びを覚えたのも、彼だけだ。

初冬には珍しく良く晴れた日だった。窓際に腰を下ろし、ひるがえる洗濯物越しに温かな陽射しを浴びていると、うらうらと眠くなってきた。

壁によりかかって転寝《うたたね》するうち、久しぶりに昔の夢を見た。

その夢の中では、恐ろしいことは何ひとつ起こらない。自分は、純白のシャツに黒服でシェイカーを振っている。目の前のカウンターにいるのは今の大悟で、あのころより大人びた眼差《まなざ》しに熱を孕《はら》んで、じっと見つめてくる。青磁がシェイクした酒を差し出すと、彼は指である所作をした。青磁はカクテルを自ら口に含み、大悟の方に身を乗り出す……。

唇が触れる寸前で、薄ら寒くて目が覚めた。すでに日が傾いていて、青磁は少し慌てた。

急いで出かける支度をし、ミヤコスポーツクラブに向かった。

正面のガラス扉には、新規入会者を求めるポスターが貼られていて、「随時《ずいじ》見学可」の文字も見えた。

入っていき、ホテルのフロントのような受付で、会員に応対している女性に声をかける。

「ちょっと、見せてもらっていいですか」

にこやかにうなずき、案内をつけようかというのを断って、質問した。

「マーシャル、とかいうのはどこで?」

受付の女は、青磁が受講したがっているとでも思ったのか、気の毒そうな顔をした。

「人気の講座で、今、定員いっぱいなんですが」

「あ、いえ、見るだけですから」

教えられた奥のスタジオに行くと、レッスンはもう始まっていた。通路から見ると、老若男女とりまぜて三十人ほどが、最後部までいっぱいに詰まっていた。人気の講座だというのは本当らしい。

ビートの利《き》いた音楽が、ガラス越しにいくらか漏れ出していた。

音楽に合わせるせいか、みな弾《はず》むような動きで楽しそうだ。格闘技《かくとうぎ》というより、気合いの入ったエアロビクスという趣《おもむき》がある。

大悟はと見ると、大きな鏡の壁面を背にして、水色のポロシャツに白いパンツ、ヘッドマイクを装着していた。

豊かな表情、快活な笑顔が眩《まぶ》しい。繕《つくろ》わない素顔もいいが、人に見られることを意識している姿も、惚《ほ》れ惚れするほど様になっている。

そのとき、大悟が大きく口を開けて何か叫びながら、片手を胸元に、もう一方の腕を突き出した。

青磁は思わず目を瞠《みは》った。

突き出すときも引くときも、同じスピードだ。生徒の誰よりも速く、彼の拳《こぶし》は胸元に戻る。

しばらく見ているうちに、生徒との違いは、拳のスピードだけではない、と気づいた。大悟の動きには、切りつけるような緊張感がある。

ちんぴらどもに拉致《らち》されようとしたとき、火矢のように顔の横を掠《かす》めていった彼の拳をまざまざと思い出す。あれは殺気というのだろうか。

怖いとは思わなかった。むしろ、頼もしかった。

地に倒れるかと思ったとき、受け止めてくれた腕は、そんなに太くも見えないのに、青磁を羽のように軽く支えた……。

インストラクターとしての一挙手一投足《いっきょしゅいっとうそく》に、青磁の知る大悟が重なって、どきどきする。こんな気持ちで彼を見ているのは、自分ひとりに違いない。青磁はそっと、火照る頬を押さえた。

やがて、音楽が止《や》んだ。

「お疲れ様でしたー！」

これは口の形だけでなく、ガラス越しに大悟の声が聞き取れた。

後ろのドアからぞろぞろ出てくる会員たちを、青磁はわきにどいて通した。

目を室内に戻したとき、大悟と視線が合った。

大悟は、悪さを見つかったかのようにうろたえた。挙動不審な動きをしたあげく、観念したように出てきた。

「見てたんか」

青磁は澄ましてうなずく。

「雄姿をとっくりと拝見しました」

大悟は、頭を抱《かか》えて照れまくった。

「見んなよ、『お仕事』なんだからー！」

青磁は意地悪く切り返した。

「自分はいつも、俺の仕事を見てるくせにな」

「そりゃまあ、そうなんやけども」

しきりに頭を掻《か》いて、困っている。どうにも可愛い。さっきは、あんなに堂々としてカッコよかったのに。

「今のクラスで終わり?」

最初に公園で出会った時間を考えると、少し早いような気もして、青磁は確認をとってみた。

「うん。ちょお、待っとって。汗を流してくるけん」

本当に「流した」だけなのだろう、大悟は石鹸《せっけん》の匂いとともに、すぐ戻ってきた。

肩に愛用のスポーツバッグを掛けて、大悟は顎《あご》をしゃくった。

「晩メシ、外で食おうや。どっか肩の凝《こ》らんとこで。俺もこの格好だし」

大悟は着替えをしてはいるが、指導しているときと似たりよったりのスポーティな格好だ。ならばファミレスか、ファストフードかなと思案しながらついていく。

クラブの外に出たところで、大悟は意外なことを言い出した。

「市場に行こう」

市場の中の飯屋、ということだろうか。市場の関係者が利用する定食屋なら、気取らなくていいだろうなと納得する。

十分ほど歩いて、地元の台所といわれている、昔ながらの市場に着いた。

市場の中ほど、集会所のような一画で、大悟は足を止めた。天井《てんじょう》が低く、白色電球が吊るしてあって、昭和の町屋というイメージだ。

手前では、将棋盤《しょうぎばん》を前に、学生らしい若い男と老人が対戦している。奥は小上がりの座敷ふうになっていた。壁には振り子時計、棚には大きな古い招き猫。どうも、変な空間だ。

「飯は大盛り？　普通？」

唐突に、大悟に訊《き》かれる。

「え。あ、普通で」

大悟は奥のカウンターに行き、丼《どんぶり》をふたつ抱えてきて、並盛の方を青磁に差し出した。大悟の方の丼には、白飯がうず高く盛り上がっている。食べ盛りの高校生みたいだ。

「さ。行くぞ」

まだよく状況がのみこめず、おたおたとついていく。

両側に並ぶ店を物色しながら、大悟は説明してくれた。

「あそこでは飯だけ買って、あとは市場の商品をどれでも載っけてもらって、オリジナル丼を作るってシステムなんだ」

大悟は、ごま油が香ばしい匂いをたてている惣菜屋《そうざいや》の前で足を止めた。大きな鯵《あじ》フライを飯に載せてもらい、代金を払う。

斜向《はすむ》かいの鮮魚店からは、イキのいい呼びこみが響いてくる。

「らっしぇい、え、らっしぇい！」

魚もイキが良さそうで気を惹《ひ》かれるものの、大音量のダミ声には、ちょっとたじたじとなってしまう。

すると大悟が、「海鮮丼にする？」と訊いてきた。うなずくと、捻《ねじ》り鉢巻《はちまき》の店主にテキパキと注文を出し、三種盛りの刺身にタレまでかけてもらってくれた。

それぞれ自分流丼を抱えて、さっきの「集会所」に戻る。

小座敷に上がりこんで向かい合い、「いただきます」と手を合わせた。

透き通ったイカを口にするなり、「美味《うま》い！」と声が出た。市場直送、というより市場で食っているのだ。さすがに鮮度が違う。

大悟がかぶりついているフライも、きつね色に揚《あ》がって見るからに美味《うま》そうだった。

青磁の視線に、大悟は「一口どう？」と齧《かじ》りかけのフライを差し出してきた。

思わずあたりをうかがったが、ここはそういうことをしてもおかしくない雰囲気のようだ。

青磁は素直に口を開け、フライの端を齧り取った。パン粉が口の中でシャクッと音をたてる。絶妙の揚げ加減。これも素材が新鮮だからか、魚臭《くさ》くない。

大悟は得意げに、

「ここ、地元民しか知らないいんだ。安くて美味い、穴場中の穴場だよ」

青磁を「地元民」に仲間入りさせてくれようというのか。なんだか嬉しい。

「美味いのはたしかだけど、よく食うなあ」

大悟の大盛りの飯は、みるみる減っていく。

「なんしろ、肉体労働っすから」

「あれはボクシング？　それとも空手とか」

「ま、いろいろ。本式に習ったのは空手だから、それベースで」

「小さいときからやってるの？」

「始めたのは……小学校の三年くらいだったかな」

鯵フライの尻尾《しっぽ》を噛み切って、大悟は補足した。

「ギャングエイジっつうか。徒党組んで悪さする年頃だろ？　俺、イジメとか、黙って見てられなくてさ。すぐ手が出て、しかも絶対負けないから、母さんが謝りに行くはめになる」

野放図に暴れまわっているより、きちんと礼法から仕込んでもらった方が、という母の発案で、空手の教室に通うようになったのだという。

お茶を飲み干した大悟は、考え込む顔をした。

「ひょっとすると母さんは、親父譲りの気性が不安だったんじゃないかな」

十歳にもならない少年ならヤンチャで済むが、そのまま大人になったら、下手《へた》をすると犯罪者だ。子供のうちに、攻撃性を抑制するすべを身につけてほしかったのかもしれない。

大悟はふと、瞳を翳《かげ》らせた。

「俺、青磁にも、怖い思いをさせたよな」

どのことを言っているのだろう。

青磁が己《おのれ》を粗末にするのに激昂《げっこう》して、拳を振り上げたときか。それとも、やくざと戦う姿を見せたときか。

どちらにしても、青磁の答えは同じだ。

「大悟を怖いなんて、思わない」

小さく付け加えた。

「何をされても」

ごくんと、大悟の喉仏が動いた。

茶を飲み込んだのではない証拠に、大悟の目が艶《つや》を帯びている。

「そういうの、殺し文句っていうんだぞ」

先払いなので、食べ終わった丼は、盆ごと横手の棚に置いて店を出た。

『難破船』で寝泊まりするようになってから、大悟の車は、店の契約駐車場に置いてある。歩いて帰る道々、盛り場も通ったが、金曜の夜ほどには酔客も多くはない。それでも大悟は、酔っ払いとすれ違うとき、青磁をかばうように自分の体の陰に回す。そんな扱《あつか》いが、青磁には、面映《おもはゆ》くてならなかった。

『難破船』に着き、階段を上がりきったところで、大悟は言った。

「俺は済ませたから」

シャワーのことだと合点して、浴室に行こうとする青磁の背中に追いかけて、

「布団、敷いとく」

それだけで、からだがかっと熱くなるのがわかった。

じつのところ、二人の生活時間が完璧《かんぺき》にずれていて、一緒に暮らしていても、肌《はだ》を合わせるのは、初めて抱かれて以来だ。

怖くないとは言ったが、恥ずかしくないことはない。

勢い任せでからだを重ねたあの日は、何を恥じらう余裕もなく、押し流され、溺《おぼ》れた。

大悟が寝床で待っている、という状況がどうにも気恥ずかしくて、青磁はいつもよりゆっくり入浴した。

浴室を出てくると、大悟は、自分の布団にあぐらをかいていた。青磁の顔を見るなり、待っていたとばかり、着ているものを脱ぎ始める。

青磁も、自分の布団の裾《すそ》に膝をついて、上着を取り、シャツのボタンをはずそうとした。

初めてではないのに、変に意識して、指がもたつく。

対して大悟は、ほとんどスポーツウエアのようなものだから、頭から足から、すぽんと脱いでしまう。

「……もしかして、焦《じ》らしてる?」

半裸になった大悟は、本当に焦れた口調で言う。入浴に時間をかけたのも、その疑いに輪をかけているのかもしれない。

「や、そんなんじゃ…この、ボタンが」

大悟は手を伸ばして青磁の襟首《えりくび》を捉《とら》え、大きな指でぐいっと押す。ボタンは面白《おもしろ》いようにぷちぷちとはずれていく。

「明日は、俺の方が休みだ。青磁は、朝は遅くていいんだろ」

じっくりするぞ、と念を押されたようで、恥ずかしくて顔が上げられない。だが、そういう大悟の首元も、赤く染まっている。

同じ気持ちなのが嬉しい。それでも、恥ずかしいものは恥ずかしい。身の置き所もない思いでうつむいていると、

「こっち見て、青磁」

向かい合った大悟のからだに、青磁は眩《まぶ》しく目を瞬いた。

服を着ていると、ちょっと体格がいいと感じる程度だが、覆《おお》うものを取り去ったからだは、武道で鍛錬《たんれん》されただけあって見事だ。一見平板に見えるけれども、皮膚《ひふ》の下に力強いうねりがある。凪《なぎ》の海のようだ。

これが嵐になるさまを、自分はもう知っている……。

抱かれたのは一度きり。なのにぞくぞくするのは、もう大悟だけに反応する何かが、自分の中に生まれたからに違いない。人を好きになったとき、誰でもかかる魔法。

それが嬉しくて、でもきまりが悪くて。ついと目をそらしてしまう。

大悟の方は、まじろぎもせず見つめてくる。青磁は切れ切れに訴《うった》えた。

「あんまり、見ない、で」

息が上がっているのが、自分でもわかる。変だ。見られるだけで、こんなに昂ぶるなんて。

「こないだはよく見てない、近すぎて」

大悟はひどく生真面目《きまじめ》に言って、いっそう目力を注いでくる。

乳首《ちくび》が視線を感じたように勃《た》ち上《あ》がった。そんな反応が、泣きたいほど恥ずかしい。

だが大悟は、うっとりと呟いた。

「綺麗だ……」

そんなことはない、と思う。色黒の自分だから、乳首だって浅黒い。

色やかたちがというより、反応しているのが、大悟の目には美しく映《うつ》るのか。ならば、もっと感じたい。どこもかしこも、綺麗だと思ってほしい。

青磁は、自分から大悟に身を投げかけた。力強い腕が抱きとめる。

ぴったりと重ね合わせた互いの胸の速い鼓動が、最初はちぐはぐだったのが、しだいにペースがそろってきて、ひとつのからだを分け合っているような不思議な感覚が生じた。

それとは別に、たしかな性感がこみ上げてくる。

どちらからともなく、濃密な口づけをかわしながら、相手のからだをまさぐった。

「ん…んっ……」

たかまる劣情《れつじょう》に耐えかねて、青磁は上体をそらした。そうすると、いっそう大悟に腰を押し付ける格好になった。

下腹に、熱い塊《かたまり》を感じる。自分に触れてこんなに熱く……そう思うと、してあげたくてたまらなくなる。

青磁はいったん身を退いた。

「俺に、させて」

膝立ちになった大悟の前にうずくまり、屹立《きつりつ》を下着から引き出す。付け根を支えて立て、唇を寄せると、大悟はうろたえたように、なまりを強くした。

「や、いけん、そんなん……！」

いけないとは言っても、シャンプーしたとき拒《こば》まれたのとは違う、と思った。あのとき大悟は、「気持ちも確かめないうちに」と怒ったのだ。

今は、想いあっているとわかっている。いとしい気持ちですることなら、自分はすべて許す。大悟もそうだろう。

「いいから。任せて」

てしまう。

かまわず、喉の奥まで送り込む。

初めて男にそうされたときは、吐き気をこらえることができなかった。今はどこまでも大悟を呑み込みたい。しかし大悟のものは、大きいだけでなく長さもあって、すぐ喉の奥につかえてしまう。

舌を尖《とが》らせ、裏側の筋を根元から括《くび》れへと舐《な》め上《あ》げる。たどりついた先端を吸い上げると、大悟は腰を揺らし、低い呻《うめ》きを漏らした。

青磁の頭に置いていた手が、髪をかき乱す。それは「やめてくれ」ではなく、「もっと」とねだっているのだ。与える歓びに胸が震える。

と、頭上から上ずった声が降った。

「俺、もう、いきそ。青磁が欲しい。青磁の中で……っ」

切れ切れに訴えられて、青磁は慌てた。

自分だって、これを、からだの奥に埋められたい。大悟を、自分の内側に感じたい。

仰向《あおむ》けに横たわり、大悟を引き寄せる。下着をはずして、自分の足の間に大悟を招くと、一度知った快楽を、からだはすぐになぞった。まだ何もしていないのに、青磁の股間《こかん》は、はしたない状態になっている。

行きずりの男たちが相手では、物理的に処理してもらわないと、いくにいけなかった。だが大悟が相手だと、触れられもしないうちから——自分から大悟に触れているだけで、身も心も昂ぶってくる。

大悟は下着を脱ぐ手間も惜しんだのか、ボクサーパンツを半《なか》ば下ろした状態で、のしかかってきた。

青磁の唾液《だえき》に濡れた熱根が、隘路《あいろ》のほころびを探り当て、頭を突っ込んでくる。狭《せま》い器官を割り広げられる痛みに、青磁は呻いた。

それでも、止めてほしいとは思わない。痛ければ痛いほど、大悟を強く感じられる。

すべて収めて、大悟はひとつ息をついた。それから、わずかに退く気配があって、ずんと突き上げてくる。

「……っ、あ、ああっ」

覚えのある、雷に打たれたような衝撃と快感。青磁は首をのけぞらせ、高い嬌声《きょうせい》を上げた。

大悟が奥深くまで達するたびに、しびれるような快感が押し寄せる。下腹を疼《うず》かせていたものが噴出し、青磁は「くうっ」と喉の奥で呻いた。

達したとき、最奥《さいおう》にあった大悟自身を、自分の肉がきゅうっと締め付けるのがわかった。同時に、大悟も青磁の中に欲をほとばしらせたらしかった。

——中で、いってくれた……。

自分の満足に大悟のそれが重なって、悦びが倍加する。

だるいのに、からだの芯に痛みもあるのに、気持ちがいい。頭の芯まで蕩《とろ》けるようだ。ぼうっとしてしまって、大悟が触れているのに、しばらく気づかなかった。

降っているのかいないのかわからない春の雨のように、やわらかいタッチだ。鎖骨《さこつ》のくぼみ、わきの下、乳首のまわり。敏感な場所を、ことさら刺激するでもなく、包むように優しく撫でられている。

からだに、心に、それはしみじみと温かかった。繋《つな》がっているときよりも、いっそう大悟を近くに感じる。

欲を吐き出したら終わりの男の性《さが》を超えて、大悟は自分をいとおしんでくれている。そう信じられた。

青磁は吐息をつき、自分も大悟のからだにそっと手を這《は》わせた。


久しぶりにマスターが店に来たのは、桐野組《きりのぐみ》のことがあってから、半月ほども経《た》ったころだった。

青磁《せいじ》はすぐ、大悟《たいご》の居候《いそうろう》状態を打ち明けた。マスターは咎《とが》めだてはしなかった。いや、むしろ関心が逸《そ》れているというか、どこか上の空だ。そして、珍しいことに看板まで店にとどまると言った。その時点で、青磁にはある予感があった。

十時過ぎに、大悟は夜回りから戻った。マスターに短く挨拶《あいさつ》して、二階に上がっていく。

今夜は客が少なく、退けるのも早かった。暗黙のうちに、早じまいする。

青磁がグラスを磨《みが》いて並べていると、マスターはあらたまった調子で声をかけてきた。

「青磁くん、ちょっと話があるんだけど」

いい話ではなさそうだ、と思った。

ボックス席に向かい合って座るなり、マスターは単刀直入に切り出した。

「じつは……店を閉めようかと思うんだよ」

青磁は黙ってうなずいた。

本来なら、とうに閉めていてもおかしくないのだ。マスターはもう七十を超えている。固定客はそれなりについているが、さほど儲《もう》かってはいない。

閉める理由は、それだけではなかった。

「私がまだ車椅子でも押せるうちに、もう一度、女房と二人で旅もしてみたい。私のわがままで、振り回してきたからねえ」

四十代で会社を辞めて、念願だった店を持ったと聞いている。妻の協力がなくては、できないことだったろう。

その妻がここしばらくは肺炎で、けっこう厳《きび》しい状態だったのが、なんとか持ち直したのだそうだ。二人で楽しい思い出を作るなら、今しかない、と思うようになったということだった。

「お気持ち、よくわかります。奥さんを大事にしてあげてください」

マスターは申し訳なさそうに、後ろ首に手をやった。

「君には悪いが……」

「いいえ、とんでもないです」

青磁は強く首を振った。この店に、マスターに、自分は救われた。傷ついた心を癒《いや》し、再び人生に立ち向かうための猶予《ゆうよ》を与えてもらったのだ。

「私は大丈夫です。親しい友人もできたし、身を寄せるあてもありますから」

あてというのは、大悟のことだった。

以前、「俺のうちで暮らさないか」と言われたことがある。今は『難破船』にいるのがお互いに便利だからそうしているが、一緒にいられるならどこだっていい。

店が畳《たた》まれ、職を失ったとしても、自分は再び根無し草になるわけではないのだ。この街に流れてきたときとは、状況が全く違う。

マスターは、ほっとしたように息を吐《つ》いた。

「賃貸の契約更新は、今月末なんだ。それまでは、店を開けておこうと思ってる」

よろしく頼むよ、と頭を下げられて、青磁も深くお辞儀をした。

マスターを見送った後、二階に上がってみると、大悟はまだ起きていた。

青磁がマスターから告げられた話をすると、

「そういうことかも、とは思ったんだ」

この時間まで起きていたのは、相談にのってくれるつもりだったのか。

「でも青磁は、やっぱり、バーテンダーでやっていきたいんだろ」

それには、深くうなずく。

逃げるように博多《はかた》を去ったときは、捨て鉢《ばち》な気持ちだったが、『難破船』で働き、大悟とつきあううちに、一流バーテンダーとしての矜持《きょうじ》のようなものがよみがえっていた。

『難破船』にも、ご近所バーならではの良さはあったけれど、もっと腕をふるえる本格派のバーに勤めたいという気持ちもある。

その希望を口にすると、大悟は心から賛同してくれた。

「マスターには悪いけど、『難破船』クラスじゃ青磁がもったいないもんな。……で、住むところだけど。俺んちに来てくれるんだろ?」

こちらから頼む前に、言い出されてしまった。青磁は大悟の前に手をついた。

「来月から、よろしくお願いします」

まだ今月いっぱいは、店を維持《いじ》していかなくてはならない。

大悟は、遠足の朝を待つ子供のような顔をした。

「なんか、青磁が嫁《よめ》に来るみたいだ」

自分で言ったことに自分で照れて、頬を赤くしている。からかわずにはおれない可愛《かわい》さだ。

「大悟は、この店に来るとき、どうだった?」

「俺? マスオさんみたいな気分だったよ」

これには、笑ってしまった。

青磁と暮らすことができて、楽しそうではあったけれど、借りてきた猫というか、やはり居候生活には気兼ねがあったのだろう。

今度は青磁が居候になる番だが、大悟は気兼ねなどさせないだろうとも思った。「嫁」というのは彼なりの宣言に違いない。

住まいの方は、これでめどが立ったので、青磁は次の日さっそく、ナイト求人の充実している情報誌をコンビニで入手した。

『難破船』に持ち帰り、開店準備を済ませておいて、じっくりと目を通す。

バーテンダーの求人は多くはないが、即戦力の技量を持ったバーテンダーも、そうはいない。青磁のキャリアなら、門前払いはないだろう。

だが、情報誌の付録に挟まれた白紙の履歴書をはずし、さて下書きを始めてみて、青磁は立ちはだかる壁が消え失せてはいないことを痛感した。

職歴の空白は、充電期間とでも取りつくろえようが、いざ面接となれば、前のホテルを辞めたわけをきっと訊かれるだろう。落ち度のないバーテンダーを、紹介状も持たせずに放り出した理由を、ちゃんとした店なら、気にしないはずはない。

結局、書き上げた履歴書をどこにも出せないまま、『難破船』を出ていく期限が来てしまった。

それでも、不思議と焦《あせ》りや不安を感じない。いや、焦ってはいるけれど、心細くはないのだ。

ここがなくなっても、住むところがある。戦って傷ついても、還《かえ》っていく場所がある。そこには、受け止めてくれる相手がいる。

そして何より、その相手が大悟であること。大悟のそばにいられるなら、屋根も壁もなくてかまわないとさえ、青磁は思っていた。

ついに、『難破船』は閉店の日を迎えた。

青磁から聞いたところでは、不動産屋立ち会いの引き渡しは、マスターの都合で、もう少し先になるという。

だから、とりあえずは、青磁《せいじ》の荷物を運び出すだけでいい。それでも、二年近く暮らす間に私物は増えているだろう。一人で持てる嵩《かさ》ではなさそうなので、大悟《たいご》は車で迎えに行った。

荷物を車に積み、二階の掃除を済ませると、青磁はドアに鍵《かぎ》をかけ、しばしその場にたたずんだ。背後から見守る大悟もまた、感慨《かんがい》にふけった。

――『難破船』という名のこの店が、青磁に投げられた救命具だった。これからは、俺が青磁の「浮き」になるんだ。

青磁が店に向かって深く頭を下げるのに合わせて、大悟も黙礼した。

大悟の家は、酒井町《さかいちょう》から車で十分ほどだ。引っ越したという実感もないほどの近距離だが、玄関の横手で車を降りると、大悟はおおげさに手を差し出して先導した。

「ようこそ、新居へ！」

青磁が、ぽつりと呟いた。

「新居、じゃないよ」

大悟は憮然《ぶぜん》として、

「……そりゃ、古い家だけども」

青磁は、ふわりと微笑《ほほえ》んだ。

「公園で襲われた後も、チンピラに連れてかれそうになったときも、大悟は俺をここに連れてきたろう？　だから、懐かしいっていうか……今になってみると、ここが俺の戻る場所だったんだなあ、と思ってさ」

そんなふうに言われると、なんだかくすぐったい。

「俺も、一ヵ月ぶりくらいだよ、自分ちで寝るの」

二人で戻ってきたんだな、と青磁はまた笑った。その笑顔に、胸苦しいほどの歓びが湧きあがる。大悟は自然に、青磁の手を取った。

古い家だからこそ、玄関の間口は広い。手を繋《つな》ぎ、二人で敷居を跨《また》いだ。

洋間に通された青磁は、「あ」と声を上げた。

大悟のベッドの横に、もう一台、ベッドを入れておいたのだ。二つのベッドはぴったりくっついていて、ダブルベッドと変わらない。

「あのとき、おまえ、ベッドを使っていいって言ったのに、俺の隣に布団持ってきてさ」

手を繋いで眠った夜を思い出すのか、青磁はうっすらと頬を染めた。

こうして、青磁を「二人の新居」に迎え入れたものの、大悟の方は、元の生活に戻ったかたちだった。

あいかわらず、独《ひと》り、地道な防犯活動を続けている。くだくだしく言い訳するより、行動で信用を取り戻すしかない、と。

身一つで防犯活動を行うのは、ある意味気が楽だが、何があっても自己責任だ。市政というバックがなければ、善意の忠告も素直に受け取ってはもらえない。また、偶然出会う元の仲間の視線も、冷ややかなものだった。

チユウやんこと、中林《なかばやし》の存在は、そんな大悟にとって救いだった。

彼は、大悟にやくざの手から救い出されたことを恩に感じているらしく、懸命に、よまわり隊と大悟の橋渡しをしようとしてくれる。

店の酒を手土産に家を訪ねてきたときの口ぶりでは、話しやすい仲間をつかまえては、大悟の弁護をしているようだ。

だが、もとはといえば、自分が青磁をかばって、やくざと揉めてしまって起こったことだ。人質としてやつらに捕まった中林は、まったくのとばっちりと言っていい。

「俺に悪いなんて、思わなくていいんやけな」

彼の持ってきた酒を酌み交わしながら、大悟はそう保証してやったのだが。

「悪いっつうか……やっぱ寂しいし、心細いし」

中林は大真面目《おおまじめ》に言う。

「後ろに大悟がいると思うと、どーんと大船に乗ったような気になるんや」

大悟は、ふっと笑った。

「うれしいこと言ってくれやがって」

中林の首をわきの下に挟《はさ》んで、指の付け根の関節で、頭をぐりぐり揉《も》んでやる。

「わあ、痛い、本気で痛いっちゃ！」

今となっては、そんなふうに気安くじゃれられるのも、中林だけだ。

考えてみれば、中林は、もともと大悟びいきだった。だが、ほかのみんながそっぽを向いているのに、慕《した》い寄ってくれるのは、それだけが理由ではないと、大悟は見ている。

彼だけが、やくざに生身で対峙《たいじ》する恐怖を知った。他のよまわり隊員の知らないことを。桐野組《きりのぐみ》の事務所に連れ込まれていた数時間、中林は現実の恐ろしさと、理想の脆《もろ》さを知ったはずだ。

警察や行政という盾《たて》なしに、やくざと接触したという意味で、中林は盟友だ。中林がそれを意識しているかどうかはともかくとして。

そして、家に帰れば青磁がいる。

お帰り、と迎えてくれる人間がいるのは、祖父に続いて母が亡くなってから、ついぞ無かったことだ。

玄関先で、あるいはダイニングで、ほっとしたような笑顔が自分を迎えるだけで、疲れも孤独感も吹き飛ぶ気がした。

といっても、青磁は「専業主夫」に甘んじているわけではない。

バーテンダーの仕事を探すかたわら、日中は、中林の紹介で酒を配達するバイトをしている。区域内の飲食店に、台車で酒を届けるのだ。

青磁は酒の種類に詳《くわ》しいから、ただ言われたとおりに運ぶだけでなく、注文取りもアドバイスもできる。営業も兼ねたアルバイトとしては、重宝されているようだった。

適材適所というか、ちゃんとした就職口を見つけるまでの繋ぎとしては、なかなかいいバイトだと、大悟も感心していた。

仕事中の青磁を、大悟はときどき見かけることがあった。彼のお得意先は、大悟のパトロール区域とかぶっている。事件の起こりそうな場所といえば、やはり酒色の街だからだ。

例の放火犯は捕まらないままなので、大悟は特に飲食店の裏口を見回るようにしていた。

その日も、まだ宵《よい》の口に、とあるクラブの裏口で青磁を見かけた。

酒屋のエプロンを着けた青磁は、女がしきりに何かを押し付けようとするのを、営業スマイルで固辞しているようだった。

街を一周して家に戻ると、青磁は先に帰りついていて、夕食の支度をしていた。早く帰宅した方が食事を作るルールが、いつのまにかできている。

青磁の用意した晩飯を食べながら、大悟はさっき目撃したことを訊《き》いてみた。

「今日、どっかのクラブで、なんか女に絡まれてなかったか」

青磁はちょっと考えて、「ああ」とうなずいた。

「チップをくれると言うんだけど、バーテンダーならともかく、配達のアルバイトにそれは変だから、断ってたんだ」

「へえ」

生返事したが、心中穏やかでなかった。酒場の女が配達人にチップなど、たしかに聞いたことがない。

「よくあるのか、そういうこと」

青磁は口ごもった。ちょっと間の悪い顔になっている。

「ケー番教えて、ってのは、わりとしょっちゅう」

ますます気が揉《も》める。それは「個人的におつきあいしましょうよ」ということではないか。

大悟は箸《はし》を置き、真顔で言った。

「なあ。盛り場で働くのって、危なくないか」

「は？」

青磁は呆《あき》れ顔だ。

「元バーテンダーに向かって盛り場が危ないって……何言ってんの」

言われてみれば、そのとおりだ。

配送の仕事は、基本的に飲み屋やバーが開店する前に済ませるものだ。営業中の追加注文もあるにはあるが、バイトの青磁は、午後六時ごろまでで上がる。

深夜から明け方までも営業しているバーの方が、危ないといえば危ないはずだ。バーテンダーだったときも、それなりに誘惑はあったかもしれない。

ただそのころは、青磁の敷居が高かった。

バーテンダーは、いわばバーの舞台装置だ。生身の人間ではないような、テレビ画面の向こう側の人間のような、手が届きそうで届かない存在。

そして、あくまで客商売だから、一線を引いたつきあいしかできないという、暗黙の了解が客の方にもある。

だが今の青磁は、舞台の上の役者ではない。誰でも声をかけ、手に入れることができる存在になっている。

もやもやとした不安が、胸に拡《ひろ》がった。

歓楽街は、遊びに慣れた男や女が、熱帯魚のように鱗《うろこ》をきらめかせて泳ぎ回る場所だ。その中でも、青磁は燐光《りんこう》を発してでもいるように、人を惹《ひ》きつける。

むろん青磁は、きっぱり男あさりを止《や》めているし、もともと性的に奔放《ほんぽう》だったわけでもない。そう納得していても、どこか落ち着かない気分になる。

配送の仕事に行くときは、古ぼけたジーンズにトレーナーという格好で、その上からダサいエプロンなどを身につけている。それでも青磁は、ガラス細工のランプのように、ほのかに輝いて見える。

まだ青磁と何でもなかったころは、青磁自身のために、乱脈な性生活を気に掛けていた。今は、自分の欲で、青磁を縛《しば》ろうとしている。自分のものとなってからの方が、青磁の過去や翳《かげ》りのある美貌《びぼう》に心乱されるのが不思議だった。

――俺って、心が狭《せま》い？　いや、器が小さいのか。

ものは考えようだ。

――俺が小さいんじゃなくて、青磁が大きいんだ。青磁への想いを、この俺という器に収めておけないくらいに。……要するに、ベタ惚《ぼ》れなんだよな。

大悟はそっとため息をついた。


今日の仕事場であるウェルネス・アラタは、ミヤコより新しいので、設備も最新だ。サウナルームでもテレビが観られるようになっている。

熱気と水気は機械にはよくないらしく、テレビはガラスで囲われていて、音はあまり聞こえない。しかし、たいていの番組で下にテロップが出るから、画面を見ていれば話はわかる。

大悟はそれほど熱心にでもなく、ぼーっと画面を眺《なが》めていた。

目がふと、ある文字を捉《とら》えた。それは、流れ去ってから、大悟の心に届いた。

——今、なんて。

アナウンサーの口が「繰り返します」と動くのがわかった。今度は身を乗り出し、食い入るように画面を見つめる。

『本日午後四時。久留米《くるめ》市の指定暴力団・仙石会《せんごくかい》の会長、仙石啓吾《けいご》氏、飲食店駐車場にて撃たれる。対立する白浪《しらなみ》一家の犯行か』

——親父が……撃たれた⁉

噴き出す汗が冷たくなるような衝撃に襲われ、大悟は腰を覆《おお》うタオルをきつく握り締めた。そのまま、息を詰めて続報を待つ。

だがニュースは、次の話題に移ってしまった。

画面の隅に表示されている時刻は、午後五時すぎ。すると事件は、つい一時間前のことだ。まだ詳細《しょうさい》はわかっていないのかもしれない。

撃たれた、とは銃で、ということか。

「銃撃」というものが、自分には実感できない。己《おのれ》の肉体ひとつで闘《たたか》うことしか知らない自分には、わからない。どれほどの痛みと損傷を伴《ともな》うものなのか。出血はひどいのだろうか。――生命の危険は。

大悟はサウナを飛び出した。いてもたってもいられない。濡れた髪のまま、クラブを出て、駐車場に走り、車内でスマホを操る。ネットの方が総じて情報が速いし、事情通が書き込みしている可能性もあるからだ。

気がつくと、あたりは暗くなっていた。急に家のことが、いいかえれば青磁のことが気になってきた。

大悟はニュースを探すのをあきらめ、車を発進させた。

車が角を曲がったとき、家に灯《あか》りがついているのが目に入った。

――青磁、帰ってたか。

あたりまえのことなのに、ひどくほっとした。

玄関横の駐車スペースに車を入れ、家に飛び込むなり、「青磁」と呼んでしまう。帰宅したばかりだったらしく、青磁は仕事着のトレーナーのままで玄関に出てきた。

大悟を見て、青磁の顔が、さっと緊張するのがわかった。

「どうしたの⁉」

自分は、よほどひどい顔色をしているらしい。

なんでもない、と言いかけて、いや、隠すことはないと思い直す。むしろ今、このことを話せるのは、衝撃を分かち合えるのは、青磁だけだ。

「大変なことが起こって」

言いながら土間から上がろうとして、足元がもつれた。転びはしなかったが、よろけるのを、青磁が受け止める。

「仕事で、どこか痛めた？」

「俺じゃない。俺は何ともない」

ごくんと唾《つば》を呑み、

「親父が――俺の父が、襲われたらしいんだ」

青磁はびくっとおののき、美しい目を大きく見開いた。

「それで、その、ケガの具合は」

青磁の声も、震えていた。

「何もわからない。第一報が流れて、それっきりだ」

いくら大物でもやくざだ。これが政治家や財界人なら、細かく続報が入るのだろうが。

「病院は、どこだって？」

そうだ、即死でもない限り、病院に搬送《はんそう》されたはずだ。そんなことも頭から消し飛んでいた。

車中で、いっそ久留米に行って父の家を探そうかなどと考えたのが、ひどく愚《おろ》かに思えた。

青磁と問答することで、大悟は少し落ち着いてきた。

「それは、公表しないいんやないかな。病院に襲撃とか、あるかもしれんから」

すると青磁は、微妙にためらってから、おずおずと言い出した。

「大悟は……大丈夫？」

「ん？　ああ、さすがにショックやけど、俺は」

青磁はうつむいて首を振った。

「そうじゃなくて。ひどいこと言うと思うだろうけど、もし大悟に累《るい》が及んだらと……俺は、それが怖い」

青磁は面《おもて》を伏せたまま、ぎゅっと抱きついてきた。

まさかという思いだった。

自分の存在は、仙石会の中でさえ知られていないはずだ。自分が敵方の標的になるなど、考えられない。

しかし青磁にしてみれば。

普通の男と思って声をかけたのがやくざで、拉致《らち》されかけた。それ以前に、姉の男がやはりやくざ者だったらしく、集団で酷《ひど》い陵辱《りょうじょく》を受けたこともある。

やくざの抗争に大悟が巻き込まれるのではと怯《おび》えるのも、無理はないだろう。

なだめようと、肩と腰をしっかり抱《かか》えて、自分の肩に相手の顎《あご》を載せてやる。こんな場合だというのに、鼻をくすぐる黒髪の匂いに、胸が切なく疼《うず》いた。

そのとき、携帯電話が尻のポケットで鳴った。二人とも、ぎくんと身を硬くした。

だが、画面の表示を見て気が抜けた。中林からだったのだ。ふ、とため息をつき、通話ボタンを押す。

「はい。俺」

われながら沈《しず》んだ声だったが、それをかき消すように、中林のキンキン声がかぶさった。

『邦光《くにみつ》、引ったくり、捕まえたんだって!?』

一昨日《おととい》のことだった。いつものように夜のパトロールをしていて、現場に遭遇《そうぐう》したのだ。

「捕まえたんやない。引ったくられたもんを引ったくり返しただけ。犯人はとり逃がした。刃物でも持っとったらヤバイから、深追いはせんかった」

中林は、大悟の訂正をろくに聞きもせず、まくしたてる。

『それでさ、被害者は、よまわりの女子の友達なんやて。その子、邦光を知っとったみたいで──おまえ名乗らんかったそうやけど──正義の味方が顔バレしちゃったな』

何がおかしいのか、あはは、と笑う。中林のハイテンションについていけず、頭がぐらぐらしてきた。

『おまえ、女子の株がすごく上がったよ。女子の発言力、デカイからな。男子の間からも、邦光が戻ってくれたらって声も、ちょっとずつ出とるんや。だから』

放っておいたら、どこまでしゃべりが続くかわからない。気にかけてくれるのは嬉しいが、正直、今はそれどころではないのだ。

大悟は中林の息切れの隙をついて、遮《さえぎ》った。

「ありがとう。でも、俺は焦っとらんから、あまり気にせんでくれな。……独りでできることに限界があるってことを知るのも、大事だろ」

『ひょ。かっけえー！』

「バカ」

切った電話から上げた目が、青磁のそれとぶつかった。彼も今の掛け合いに、和《なご》んだ目をしているのがわかる。

「とりあえず。何かお腹に入れよ？　ゆっくり話を聞くよ」

青磁は、そう言い置いて台所に立っていく。

大悟はふと、手の中の携帯に目を落とした。

——そうだ、電話してみたら。

父の番号はわかっている。桐野組との件でも、ホットラインは繋がっていた。もし軽傷だとしたら、自分で電話に出られるかもしれない。

大悟はさりげなく、洗面所に入った。

自分の父とはいえ、暴力団の親玉と連絡をとるところなど、青磁には聞かせたくない。さっきだって、大悟が巻き込まれることを、ひどく心配していたのだから。

あえて登録しないままの番号を、履歴をたどって見つけ、わずかにためらってボタンを押す。

呼び出し音は長く続いた。やはり、電話に出られるような状況ではないのだろう。

もう切ろうかと思ったとき、応答があった。

『……はい』

それが誰の声なのか、確かめる余裕もなく、大悟は呼びかけていた。

「父さん？　大丈夫なのか？」

一瞬の沈黙の後に、父よりずっと若い声が返ってきた。

『そちらは……これが誰の携帯か、わかってかけておいでなんですね？』

ぎくっとした。

これは父ではない。いったい誰だ？　その慇懃《いんぎん》な言葉に、どこか剣呑《けんのん》なものを感じる。

相手は淡々と、ビジネスライクな声音で続けた。

『あなたの番号は、イニシャルT・Kで登録されています。頭《かしら》の……会長とは、どういうご関係ですか』

「T・Kとあるのなら、それが俺の名前です。俺からは、何も言えません」

そう突っ張ったものの、「父さん」と呼んでしまったことに、相手が気づいたかどうか。どう受け取ったか。ぞわぞわと不安が押し寄せる。

「それで、あなたは、どうしてこの電話を……」

『私は会長秘書で、これは会長からお預かりしています』

相手は、どこか誇《ほこ》らしげに名乗った。

若頭とか補佐とかとは別の、個人的な腹心という含みを感じた。懐刀《ふところがたな》、というものかもしれない。ならば、かえって事情を聞きやすいと思った。

大悟は、率直にぶつけてみた。ニュースで事件を知ったこと、続報もなく、容態がわからなくて心配であること、できれば見舞いたいこと。

相手はさらりと返してきた。

『お命は取り留めました。絶対安静ですが』

――命は、助かったのか。

大悟は、はーっと息を吐いた。吐ききった息を吸うのと同時に、

「それで、あの、どこの病院に」

父の秘書は、やはり淡々と、

『病院には、警察も張り付いています。うかつに顔を出さない方が、よろしいのでは？』

そうだ、父は一般人ではない。「被害者」ではあっても、警察の監視対象なのだ。大悟はそっと唇を噛んだ。

「そう…でしょうね。わかりました。いろいろと、ありがとうございました」

『私は辰巳《たつみ》と申します。会長に何かあれば、この番号に連絡を差し上げましょうか？』

大悟は即座に「お願いします」と応じていた。


翌朝の新聞には、父の状態は「重傷」とのみ報道されていた。背景などはまだ捜査中なのか、これといった続報はない。

あの辰巳という秘書は「命はとりとめた」と言ったが、大悟の感覚では「絶対安静」はかなり重篤《じゅうとく》な状態だ。

その日の仕事上がり、ゆっくりサウナなど楽しむ気分でもなくて、早々に着替えて帰ろうとした。

電話がかかってきたのは、更衣室にいたときだった。父の番号を見て、すぐに出る。昨日、辰巳と名乗った側近だった。

「何かありましたか?」

飛びつくように訊《き》くのへ、辰巳は落ち着いた声で答えた。

『会長の状態について、もう少し詳しくお知らせしたい……とは思うのですが、電話で話すことではないでしょうし。今日、これからどこかでお会いできますか?』

意外なことに、相手が指定してきたのは地元駅近くのカフェだった。すでに北九州に来ているらしい。そこに大悟は、引っかかるものを感じた。

青磁には「ひょっとすると遅くなるかも」とだけ、連絡した。

やはり、暴力団の関係者と会うことは、彼には言えない。きっと気を揉むだろう。青磁が気《き》遣《づか》ってくれるのは嬉しいが、これ以上、心労をかけたくなかった。

指定されたカフェに入る。「お一人さまですか」と近づいてきたウエイトレスに待ち合わせの旨《むね》を伝えると、ガラス張りの禁煙席に案内された。

待っていたのは、三十代半《なか》ば、細いフレームの眼鏡《めがね》をかけた男だった。スーツも濃色の大人しいもので、素性《すじょう》を知らなければ、弁護士か会計士といった、頭脳的で堅《かた》い職業の一般人としか見えない。顔立ちはなかなか整っている。端整と言い切るには、少々アクがあるが。

「お呼び立てして申し訳ありません」

辰巳は立ち上がって、折り目正しく一礼する。

一回りも年下の自分に対して、このうやうやしい態度。これはやはり、父との関係がばれたのだろうか。

「いえ、こちらこそ」

目礼して席につき、大悟はすぐ本題に入った。

「それで。ち……、会長は、どんな具合なんでしょう」

辰巳はよどみなく答える。

「全治二ヵ月という診断です。貫通銃創《じゅうそう》ですが、重要な臓器に損傷がなくて何よりでした。ただ……検査の結果、肝臓《かんぞう》を悪くしておいでなのがわかったので、少し長く入院されることになるでしょう」

そうですか、と胸を撫《な》で下《お》ろす。心配したほどのことはなかった。肝臓が悪いといっても、ひとつやふたつ慢性病を抱えていても不思議はない年齢だ。

辰巳は抑揚《よくよう》のない声で、さらに細々と情報を聞かせてくれた。事件が起きたときの状況や、ふだんの父の様子まで。

話が一段落するタイミングで、辰巳は、名刺を差し出してきた。

「何かありましたら、今後は私の携帯に。会長の携帯は、事務所の方で預かることになると思いますので」

相手はそのまま、何かを待っている。

大悟が黙っていると、こほんと咳払《せきばら》いして、

「そちらさまの名刺を、いただけないでしょうか」

そうはっきり要求されては、一方通行にもできない。やむなく、インストラクターとしての名刺を渡す。

辰巳は受け取った札に、じっと目を注いだ。

「邦光大悟さん、とおっしゃる」

今初めて知った、という様子だ。

そういえば、父は自分の番号をイニシャルで登録していたのだった。

辰巳は顔を上げた。眼鏡の奥の目には、堅気らしい風貌《ふうぼう》を裏切って、切りつけるような鋭さがある。

「会長は啓吾、亡くなった先代は吾一《ごいち》。代々の『吾』に『心』を加えて『悟』という字になさったのでしょうね」

怜悧《れいり》な目を光らせて、辰巳は念を押す。

「会長の、ご子息なのですね？」

低く問われた。今さら否定もできない。

「でも……認知もされていません。戸籍上《こせきじょう》は赤の他人です」

馬耳東風《ばじとうふう》という顔で、辰巳はしみじみ、大悟の顔を見つめた。

「面影《おもかげ》がある。会長の、お若いころの」

自分の知らない、若い日の父の顔。思わずつりこまれて、

「そんなに昔から、父のもとに？」

「あのころ、私はまだ少年で……家族を失って捨て犬同然の身でした。会長に拾われたようなものです。大学まで出していただきました。足を向けては寝られないお方です」

口先だけの忠誠心ではないようだ。かえって、危ういものを感じる。

大悟の危惧《きぐ》は的中した。

辰巳は部外者のはずの大悟に、とんでもない話を持ちかけてきたのだ。

「じつのところ、仙石の跡目は、まだ確定していません。今のところ、若頭が最有力と目されていますが……どうも血の気の多すぎる方で、これからの組を背負うにはふさわしくないのでは、と。そこに、実のお子がいるとなれば」

「俺には関係ないことです。さっきも言ったように……」

辰巳はうっすらと微笑《ほほえ》んだ。

「書類上のことだけで、息子として認めていないとまでは言えないのではありませんか？」

大悟は、この男と話し続けることに、妙な危機感を覚えた。淡々と理詰めなだけに、反論が空回りして相手のペースに乗せられてしまいかねない。

そして、自分は決してその手に乗ってはいけないのだ。父と母が愛し合いながら別れねばならなかったのは、何のためだ？　それに、今の自分は独《ひと》りではない。青磁がいる。青磁のため

にも、自分を守らねば。

「今日はありがとうございました。失礼します」

相手より先に勘定書きを攫《さら》い、大悟は席を立った。

あれで終わったとは、大悟も思っていなかったが、相手の動きは予想外に速かった。

次の週の仕事休みの日に、辰巳は家を訪ねてきたのだ。

渡した名刺には、大悟の住所も家電も記されているのだから、探そうと思えば簡単なことだったろう。

『これからうかがっても良いですか』という電話に、「家に来られても、話はないですよ」と返したときには、すでに玄関に相手の影がさしていた。

この家は、大悟の家であるだけでなく、青磁の安住の場所でもある。そこに踏み入られることに、大悟はいいようのない不快と不安を感じた。父の腹心ということで、うかうかと名刺を渡してしまったことが、つくづく悔やまれる。

かといって、玄関先で押し問答もできず、しぶしぶダイニングに上げたのだが、木で鼻を括《くく》ったような大悟の態度を、辰巳は意にも介さない。

平気で世間話をし、それとなく探りを入れてくる。

「煙草はたしなまれますか」

「いや。酒なら、少しは」

「ギャンブルは、お好きな方ですか」

「やらない。パチンコ、マージャン、もちろん花札とかも」

力瘤《ちからこぶ》をいれたのは、自分はやくざ体質ではない、と誇示《こじ》するつもりもあった。

「では、喧嘩《けんか》は？」

直球をくらって二の句が継げないでいると、辰巳は先刻承知、というしたり顔を向けてきた。

「桐野組の猛者《もさ》をのした、とか」

「あれは……！」

言いかけて、口をつぐむ。青磁をかばってのことだったなど、この男に知られたくない。

だが、その用心もムダだった。

「かかる火の粉、だったのでしょう？　それも、自分のではなく」

意味ありげに眉《まゆ》を吊《つ》り上《あ》げた。

「その方と、今は一緒に暮らしておいでとか。ただのご友人というわけでも、ないようですね
え？」

青磁のことも、すでに把握《はあく》されているのか。

ならばいっそ、と大悟は開き直った。

「やくざがホモじゃ、まずいでしょう」

こうなったら、どんなものでも武器に使う。弱点をさらけだして、とても大将にはかつげないと、見放してくれるように仕向けよう。

しかし辰巳は、平然としていた。

「かまいませんよ。女が抱けないわけではないでしょう？　遊びなら、男も悪くない。お家騒動にもならないし」

青磁のことを「遊び」と断じられて、あやうく切れそうになった。だが、ここで感情的になっては、相手の術中にはまる。

どうにか辰巳を追い返したものの、せっかくの休みだというのに、どっと疲れた。

あの男と話すのは、寸止めなしで空手を戦っているようなものだ。隙を見せたら、喉笛に食いつかれて、巣穴にひきずりこまれそうな気がする。

神経がささくれて、静電気でも発しているようにピリピリしていた。ふだんなら、そういう苛立《いらだ》ちも、青磁の微笑みで溶けるのだが。

青磁は聡《さと》い。おまけに、やくざ絡みの匂いには、特に過敏だ。彼に、今の自分の波立つ感情をさらすのは危険だと思った。

そうだ、こんなときは、中林をいじるに限る。彼は本当に和みキャラだ。

大悟はその夜、「チュウやんと飲んでくる」と青磁に告げて家を出た。隠し事をしているといううしろめたさがあるからか、中林とじゃれても、期待したほどには心が晴れなかった。

辰巳は数日おきに電話で父の病状を伝えてくるが、あれ以来、家を訪ねては来ない。大悟はいくらか胸のつかえが取れた思いだった。

二週間ほどもたったろうか。

中林が親から任されている角打ちの店に一杯引っかけに寄った大悟は、とんでもないことを聞かされた。

中林は、客の応対もなおざりにして、カウンターを回りこみ、大悟のわきに立った。

「邦光は、こないだヤクザを使ったことで、何か変なもんに引っかかっとらんか？」

声をひそめて、心配そうに言う。そこには、「釈然《しゃくぜん》としない」という、中林にしては高度に複雑な表情も浮かんでいた。

「なんだ。またヤクザに何かインネンつけられたんか」

「それがよ。よまわりの方に、おまえのこと聞きこみにきたやつがおるとよ。あれはヤクザだと思うんやけど……」

中林は首をかしげた。

「変だよな。おまえが使ったヤクザなら、なんでおまえに黙って、おまえのこと探る？」

半ば確信しながら、「どんなやつだ」と訊《き》く。

「見るからにヤクザ、じゃなくて、もっとこう、賢そうっつうか、切れるなーちゅう感じの」

瞬時に、辰巳の取り澄ました顔が浮かんだ。

「あの野郎、よまわり隊にまで！」

夜回りのことは、このままでいいとは思っていない。いつかはきちんと話をして、隊の活動に復帰するつもりだった。

中林にも言ったが、「独りでできることには限りがある」のだ。それを痛感しただけでも、隊を離れた意義があったかもしれないとさえ思っている。だがそれは、いつかは戻る希望があるからだ。

辰巳に周りをうろつかれたりしたら、ますます解決は遠くなる。

それに、今は絶縁しているよまわり隊にまで探りを入れてきたということは、一緒に暮らしている青磁にだって、接触してくるかもしれない。

あの男は、青磁に何を吹き込むかわからない。こちらは、父が銃撃されたことを伝えてからというもの、もの問いたげな瞳に気づかぬふりで、やり過ごしているのに。

また、別の可能性に思い当たって慄然《りつぜん》とした。

桐野組が中林を人質にして脅《おど》しをかけてきたように、青磁を盾《たて》にとられたら、自分は抗《あらが》えるだろうか。

これは放ってはおけない。釘《くぎ》を刺さなくては、と思った。

怒りと焦りのあまり、大悟は次の休みの日に、今度は自分から辰巳を呼び出した。荒っぽい話になるかもしれないので、家に来るように言ってやる。もちろん、青磁のいない時間帯だ。

やって来た辰巳は、涼しい顔で一礼した。

「若大将からお声をかけていただけるとは、光栄です」

まるで、もう大悟に仕えているかのような言い草がカンに触る。

それでも感情を抑《おさ》えて、

「以前も言いましたが、俺は父に認められてもいません。そんなものを跡取りになんて、冗談じゃない。いい加減、俺の周りをうろつくのは止めてください」

辰巳は柳に風と受け流し、一見、関係のない話題を持ち出した。

「会長は、穏やかな方です。それで、当初は器を危ぶまれもしましたが、ことを荒立てず、よく周囲の意見を聞いて治めていく姿勢で、傘下《さんか》の信頼を得ておられます」

「父の評価を俺に聞かせて、どうしようと……」

「それが、秋口のことでしたか。会長が一切の手順を度外視し、私も含めて側近に知らせることもなく、桐野組に『挨拶《あいさつ》』をした。就任以来、初めてのことです」

目を細めるようにして、大悟を見つめる。

「あなたの頼みで動いたのですね？　それが、親としての情でなくて何です？」

親としての情なら、知っている。だが父は、それを大悟に背負わせまいとした。あくまで、組とはかかわりを持たないように、手配してくれたのだ。

泣く泣く母と別れたのも、まだ見ぬわが子を、やくざにしたくなかったからだ。

「なら、言わせてもらうが」

この男の論理に負けてはいけない、と思った。ここで退いたら、ずるずる踏み込まれる。青磁のためにも、何としてもこの男を遠ざけなくては。

「側近も通さなかった、ということは、俺という存在を、あくまで組に秘匿《ひとく》したかったからではないんですか。そんな者を、公式に認めるなんてありえない」

辰巳は奇妙な笑みを浮かべた。懐に必殺の武器でも隠しているような、自信たっぷりの表情が不気味だ。

「かもしれません。誰しも、若いときの過《あやま》ちには、蓋《ふた》をしたいもの」

「あやまち……？」

その言葉が何を指しているか悟るのに、数秒のタイムラグがあった。

母の死に際の白い顔、休みの日にホットケーキを焼く背中。疲れて帰ってきても、母はいつも笑っていた。父のいない大悟に、少しも哀《かな》しい思いをさせなかった母。

——母さんとのことを、親父の若気の過ちだと⁉

青磁に何かあってはいけないと、己を抑えてきたことが、逆に大悟を暴発させた。積もり積もったものが、ついに発火点を超えたのだ。

目の前が真っ赤に染まる。

「きさん……っ！」

天井に突き抜ける勢いで、大悟は立った。椅子が後ろに吹っ飛ぶ。自分は、憤怒《ふんぬ》の形相《ぎょうそう》をしていただろう、と思う。

だが辰巳は、恐れげもなく、むしろ恍惚《こうこつ》と大悟を見上げる。

「ああ、それでこそ、頭の」

はっとした。これでは、自分の暴力性を肯定するようなものだ。相手の策に乗ってどうする。

太い息を吐いて、どうにか、大悟は腰を下ろした。

「父は、俺を跡目になんて考えていない。辰巳さん、先走った考えは持たないことだ」

「会長がそうおっしゃいましたか……。だが、あなたは、失礼ながら、会長をせいぜい数時間ぶんしかご存じない」

自分は長い時間を共に過ごしてきた、という驕《おご》りがかいまみえた。

「人の心は変わります。会長だって、今度のことで、跡目の問題を真剣にお考えになるでしょう。継承が乱れたとき、最後にものを言うのは、血縁です」

ひと呼吸置いて、

「同じ理由で、会長は組を継がれました」

それは、ずしんと重く、胸に落ちてきた。自分は、父と同じ道をたどるように運命づけられているのだろうか？

夕方、青磁が戻ってきたとき、大悟はぼんやりとベッドに転がっていた。

「ただいま。あれ？　なんだ、夕飯の支度、してないの？」

そうだ、今日は自分が当番だ。空腹など少しも感じないので、すっかり忘れていた。

青磁は寝室に入ってきて、心配そうに声をかけてきた。

「もしかして、具合が悪い？　おかゆでも作ろうか？」

翳《かげ》のある美貌《びぼう》とあやうい色香に反して、素《す》の青磁は、つつましくかいがいしい。世話女房、という言葉がぴったりくる。青磁の表面だけを見ている者には、それがわからないのだ。

辰巳に青磁を会わせなくてよかった。彼がどんな目で青磁を見るか、想像がつく。

いや、それ以前に、青磁をやくざになんか、関わらせたくない。やくざである父の介入で助けられたとはいえ。

この先、仙石会との関係が断てなければ、青磁の将来に障りになるかもしれない。

しかし、問題は、「仙石会」だけだろうか。

青磁は「怖くない」と言ってくれたが、武道の心得によって抑えこんだ、自分の内に潜《ひそ》む攻撃性が、いつか青磁を傷付けはしないか。

今日だって、もう少しで辰巳の顔面に拳《こぶし》を打ち込むところだったのだ。

胸の奥でぶすぶすくすぶるのは、そんな自分に対する不安と恐れと、誰にもぶつけようのない怒りだった。

父に何もかも注進して、辰巳を止めてもらうことも、今は難しい。電話は預かられているし、病床にある父に、そんな心の負担はかけられない。

八方ふさがりのまま、アリジゴクの穴に滑り落ちていくような焦燥感《しょうそうかん》……。

返事がないのを心配したのか、青磁はベッドのそばまで来て、のぞき込んだ。

「大悟？　ほんとにどこか……」

「何でもないってば！」

顔色を見られまいと、体を捻《ひね》ったはずみに、肘《ひじ》が差し伸べられた青磁の手を弾《はじ》いた。

大悟は、はっとして身を起こした。

青磁は、弾かれた手を胸に抱えるようにしている。

「ご、ごめん。痛かった？」

青磁はゆらりと首を振った。

「……そうじゃ、ないんだ。なぜ、何も言ってくれない」

これには、つと目をそらしてしまう。

「青磁を、心配させたくない」

だが、目尻にさっと紅を掃《は》いて、青磁は低く吠《ほ》えた。

「俺は、おまえの心配をしちゃいけないってのか！」

こんな太い声も出るのか。そうだ、青磁は男だった、と今更なことを考える。

「悩みがあるなら、どうして打ち明けてくれない。俺は何のためにここにいる。おまえの家の飾り物か⁉」

思いがけない激しさに、大悟はたじたじとなった。

「いや、俺はただ、おまえが傷つくと」

「今、傷つけてるじゃないか……っ」

絞《しぼ》り出《だ》した声は泣かんばかりで、大悟は言葉を失った。

ずいぶん長く感じた沈黙を破ったのは、青磁だった。

「俺は……大悟が好きだよ」

矛先《ほこさき》を収めて、ゆっくりと言う。

「それは、全部ひっくるめてだ。おまえという男を作ったのは、これまで生きてきた道筋すべてだろう。いいことも悪いことも。喜びや苦しみのすべてが、今の大悟を作ったんだ。俺は、そういう大悟を愛している。おまえはそうじゃないのか？」

大悟が何も言えないでいると、青磁は自分のことに置き換えて言い直した。

「俺は汚れてる、と言うとおまえは怒るけど、過去を忘れたって、過去が消えてなくなるわけじゃない。あの経験だって、今の俺のどこかを作っていると思う。親のいない子で寂しく育ったことも、姉に支えられて自分の道を見出《みいだ》したことも、……ああいう目に遭《あ》って、その姉にも見放されて世を拗《す》ねたことも、全部俺なんだよ」

たしかに青磁の妖《あや》しいまでの美しさは、そうした過去を背負ってのものかもしれない。もともとの美貌はそのままとしても、何の傷もない人生を送ってきたら、この煌《きらめ》きはなかったかもしれないのだ。

大悟は自分を恥じた。自分はどこかで青磁を、一人の生身の人間ではなく、愛玩物《あいがんぶつ》のように思っていたのかもしれない。

大悟は首を垂《た》れ、父の秘書と名乗る男が登場してからのことを、打ち明けた。辰巳の名前までは出さないが、ここ数週間の悩み苦しみを、あらいざらい、すべて。

青磁はいつのまにか、ベッドに腰を下ろし、大悟に寄り添って黙って聞いていた。最後まで口を挟《はさ》まない。わずかにうなずいたり、目で受け止めたり。その静かな受け入れの姿勢が、大悟を落ち着かせた。

自己分析する精神的余裕も、戻ってきた。

たぶん、一番堪《こた》えたのは、父が今の大悟に似た立場に立たされたとき、愛する女と別れ、それまでの人生を捨てて、家を守ることを選んだ、という事実だった。

その人生をなぞるなら、自分は青磁を失うことになる……。

だが、青磁の意見は違っていた。

「大悟とお父さんは、別の人間だから、同じ場面で同じ判断はしないだろう」

青磁はさらに、考え考え言葉を継いだ。

「お父さんは、やくざの家に生まれた自覚があった。いざとなったときの決断には、幼いころ

からの環境も影響したと思うよ。でも大悟は、何も知らなかったし、そういう組織に関心もなかったよね。それどころか、警察官になろうとまで考えてた。子供のころやんちゃだったといけど、それだって、イジメや理不尽な暴力を許せなかったからだろう？　そんな大悟がやくざになるなんて、俺は思えない」

きっぱり言い切られて、目の前の霧《きり》が晴れる思いだ。自分は何を恐れていたのだろう。自分にやくざが務まるかどうか、深く考えなくてもわかることだ。

「大悟はもっと自分を信じていい。親子だからって同じ道を歩くことはないじゃないか」

父に相談できないということも、永遠にという話ではない。父はきっと回復する。そうすれば、真意もわかるだろう。今は嵐に足をすくわれぬよう、踏みとどまっていればいいのだ。

大悟は、自分が浮き足立っていたことに気づいた。思えば、やはり器が小さかったのだ。青磁を想うあまりに、現実が見えなくなっていた。

「でも、よかった」

青磁は、大悟の胸に、ことんと頭を預けて呟いた。

「さっきは、俺に大悟を荒れさせる原因があったらどうしよう、と思ってた」

そして、はっと顔を上げる。

「悪い。大悟は、苦しんでたのに」

「いいよ。青磁に聞いてもらったら、楽になった」

艶やかな黒髪を撫でてやると、青磁は安心したように深い吐息をついた。

大悟は自分の態度を反省するとともに、青磁の心の傷を思いやった。

――そういうふうに考えてしまうんだな。自分に原因がある、自分が悪い、と。

そのとき、ふっと、青磁に刺さった棘《とげ》を思い出す。あれも、もしや……。

「なあ」

青磁は「ん？」と頭を持ち上げた。

「俺、思ったんだけど。俺が苦しかったのは、一つには、おまえのためには、俺がいた方がヤバイんじゃないか、と」

「そんなことない」

言下に否定されてしまった。

「うん。今は、俺もそう思う。だけど……おまえの姉さんはどうだろう」

けげんそうに、青磁は眉《まゆ》をひそめた。

「連絡を絶ったのって、ほんとに、おまえと縁を切りたかったんか？　もしかして、自分がいる方がおまえのためにならないとか、思ってないか」

相手を思うがゆえの、誤った選択で、相手を逆に哀《かな》しませ、傷付ける。自分だって、そんな愛の罠《わな》にはまりそうだったのだ。

青磁は自信なげに呟いた。

「もし、そうだったら」

こくっと唾《つば》を呑み、青磁は声を絞り出した。

「ああ、ほんとに、そうだったら……！」

そうだよ、と大悟は囁いた。

「そうに決まってる。弟思いの、優しい姉さんなんだろう？」

青磁は、子供がいやいやをするように、大悟の胸に顔を寄せたまま、首を振った。

「信じたい……信じたい、けど……」

青磁の涙が、温かく胸を濡らす。きっともう、半ばは信じている。深く刺さっていた氷の棘が、溶けて流れ始めたのだ。

顎《あご》に手をかけ、そっと仰《あお》のかせる。涙に濡れた目が、いちだんと美しい。

大悟は、その瞼《まぶた》に唇を当てた。

自分は青磁に救われた。自分も青磁を救いたい。そうやって、二人でいつまでも、愛し合っていきたいと、大悟は願った。


クリスマス、大晦日《おおみそか》と歓楽街は書き入れ時だが、さすがに正月は店を閉める。

青磁《せいじ》のアルバイトも、数日は休めることになった。スポーツクラブも三が日は営業しない。あの辰巳《たつみ》さえも、クリスマスの前あたりから、不思議と動きがなかった。やくざの世界も年末年始は休業なのか、などと馬鹿なことを考えてしまう。

ともあれ、これで、青磁とのんびり寝正月を過ごすことができるというものだ。

なのに、元日の朝、二人とも早く目が覚めた。寝ている場合じゃない、二人で迎える初めての「新年」だ。

照れながらの「おはよ」に「あけましておめでとうございます」と返されて、また照れる。家で新年の挨拶《あいさつ》をきちんとしたのは、いつ以来だろうか。

おせちというほどでもないが、大晦日に買っておいたものを食卓に並べ、まずはお屠蘇《とそ》のつもりで、日本酒の冷やを酌《く》み交《か》わす。切子《きりこ》のペアグラスは、『難破船』のマスターから譲《ゆず》り受けたものだ。

小さなグラス一杯で陶然となったのは、さしてくれる青磁に酔《よ》ったのに違いない。至福のひとときだったが、その後の雑煮《ぞうに》でひと悶着《もんちゃく》あった。

「えー、なんでモモ肉？　雑煮のトリはムネ肉だろう？」

大悟はトリのモモ肉をぶつ切りにしながら、青磁に反論する。

「ムネだと、コクが出ないだろ」

青磁は小首をかしげて鍋《なべ》を覗《のぞ》き込《こ》んだ。

「それに、チクワが入ってない……」

「チクワ？　雑煮にチクワ⁉」

「普通、入れるだろ、チクワ」

そういえば、と大悟は、今更な質問をした。

「青磁は、どこの生まれだよ？」

「山口《やまぐち》」

山陰《さんいん》の海か。海産物の練り物が、雑煮に入るのはわかる。だけど……。

「チクワより、むしろカマボコだろ、雑煮の具なら」

すったもんだのあげくの雑煮は、具が少々大きいほかは、まあまあの味だった。

「じゃあ、明日の朝は、俺が雑煮を作るよ。絶対勝つ！」

言い置いて片付けに立つ青磁に、

「そんなん、洗い桶《おけ》に浸《つ》けとけよ。初詣《はつもうで》に行こう、八坂《やさか》神社まで歩いて」

恋人と初詣なんて、絵に描いたように幸福な正月ではないか。

うきうきと出かける用意をしているところに、電話がかかった。もうすっかり耳になじんだ声。辰巳だった。正月早々、うんざりだ。

青磁が大悟の顔色を見て、「だれ？」と口の形で問う。

「お・じゃ・ま・む・し」

それでわかったのかどうか、青磁はため息をついて、せっかく羽織った上着を脱ぎ、袖《そで》をまくった。大悟を待つ間に、洗いものをしておこうというのだろう。

いっそ、話も聞かず切ってしまいたかったが。

——こいつがよまわり隊に探りを入れたおかげで、思いがけない結果になったんだよな。

大悟は、暮れも押し詰まったころのこと、大悟はよまわり隊からの呼び出しを受けたのだ。主《おも》だったメンバーがみな集まるというので、さては公開裁判、つるし上げか、と大悟は身構えた。

しかし、集会所に顔を出してみると、中林《なかばやし》が熱弁をふるっていた。

「大悟に黙って探り入れるなんち、おかしいやん、つるんでないってことやろ。だから、いっぺん、きちんと話を聞こうや！」

どうやら中林は、辰巳が大悟の周辺をかぎ回っていることに対する疑問を、みなにぶつけたらしかった。

それで、中林より頭の切れる連中も、これは少しおかしいぞ、となったのだろう。

リーダーは、大悟に向かって、もう一度申し開きを要求した。

「言い訳しないのは、潔いかもしれんけどな。わかりたいと思ってるやつにまで、口を閉ざすことはないんやないか？」

リーダーの言葉が胸に染みとおったのは、その数日前の、青磁との会話も頭をよぎったからだった。

それでも、どうしても言えないことはあった。今となっては、自分の本当の素性《すじょう》を知られるわけにはいかなかったのだ。

自分の存在が公《おおやけ》になり、しかも組に所属しないでいたら、どうなるか。敵対する組に狙《ねら》われて、父の足かせになる。また、自分との繋《つな》がりで、青磁までも危険にさらすことになるだろう。口止めなんかしてもムダだ。誰かがきっと、悪気なく吹聴《ふいちょう》する。そうなれば、今のネット社会では、大悟と仙石会《せんごくかい》の関係は、あっという間に拡散してしまう。

――これが最後の嘘になる。許してくれ、みんな。

大悟は心中で土下座しながら、真実の半分だけを打ち明けた。

「じつは……俺の親父が、仙石会の……構成員なんだ」

えっという顔と、やっぱりという顔。どちらが多かっただろうか。

「母は、親父は死んだと言ってたから、俺も最近まで知らなかった。隠して入隊したというわけじゃないんだ」

そうだろうな。うん、邦光《くにみつ》はそういうやつじゃないよ。そんな言葉がざわざわと集会所に渦《うず》巻《ま》いた。

ざわめきを割って、中林の高い声が響く。

「邦光は俺を助けるために、親父を頼って。そっから、仙石会につきまとわれとるんか？」

「まあ、そうだ。俺を親父の子分として、取り込もうっていうんだろ」

それを聞くと中林は、みなに向かって声を張り上げた。

「見てみい！　俺たちのしたことは、大悟をあっち側に追いやっとるようなもんやんか！」

そして、最終的には、「親のことは子供に責任はない。俺たちが守るから、戻って来いよ」

というところに決着したのだ。

——ケガの功名？　ちょっと違うか。

とはいえ、辰巳の「おかげさま」ではあるから、いちおう話は聞こうとした。

辰巳がもたらしたのは、思いがけない吉報だった。

『会長は、一時退院されました』

「そうですか！」

現金に、声が弾《はず》んだ。

一時的にでも家に戻れるということは、順調に快復していると考えていいだろう。

大悟の声の大きさに、青磁は台所から顔をのぞかせた。安心させるようにうなずいてみせる。

辰巳はさらに、こう告げた。

『自宅にならら、見舞いに来てよい、とおっしゃっています。どうなさいますか』

「うかがいます」

即答した。やはり、できることなら、父の無事な姿をこの目で見たい。

「で、自宅、というのは?」

『こちらから、お迎えを差し上げます』


辰巳が「面会日」として知らせてよこしたのは、まだ松の内の五日だった。

青磁は、父を見舞うのに反対はしなかった。ただ、出かけようとする大悟を玄関で見送るとき、短く「気をつけて」と声をかけてきた。

「親父相手に?」と問い返すと、青磁は笑わない顔で、静かに言った。

「自分自身に、ってことだよ」

「……肝《きも》に銘《めい》じます」

姉さん女房は怖い。きっちり釘《くぎ》を刺されてしまった。

指定された時刻に、久留米《くるめ》駅に着いてみると、車はすでに駐車場で待機していた。

運転席から降りて、大悟を迎えた男の顔に見覚えがある。いつだったか、父と海辺のカフェで会ったとき、現れた男だ。

促《うなが》されるまま後部座席に乗り、十五分ほども走って、郊外に出た。小高い山のふもと、住宅のとぎれるあたりに車が止まる。

「こちらです」

窓から屋敷を見上げて、大悟は息を呑んだ。

まるで城壁のような塀《へい》がそそりたっている。その上には、これみよがしな監視カメラ。そして外には、車がずらりと並んでいた。それも、黒塗《くろぬ》りのベンツを筆頭に、高級車ばかりだ。

愕然《がくぜん》とした。

「あの。来客が多いようですが」

運転の男は自慢げに胸をそらした。

「おやっさんの出所……やなかった、退院の祝いですけんのう。傘下《さんか》の組長は、みな駆けつけてきとります」

騙《だま》された気分になった。自分だけ、こっそり家に入れてくれるのかと思っていた。これでは、まさしく出所祝いの席に呼びつけられたようなものだ。

辰巳の策略だろうか。それとも父も承知の上か。

出がけの青磁の言葉が頭をよぎる。

——感情的になるな。先走ってはいけない。

大悟は、運転手から、別の年配者に身柄《みがら》を引き継がれた。庭を横手に見る長い廊下を歩き、見事な襖絵《ふすまえ》の大広間に通される。

「もっと前へ、どうぞ」

促されて、居並ぶ黒服の男たちの間を割って進む。

自分ほど若い男は、この場にいない。ここにいるのは、運転手の言うとおり、傘下の組長か、直系の幹部たちだろう。みるからに筋者という面構《つらがま》えだ。

――みんな、カタギじゃないんだな。

なのに、不思議と恐怖は感じない。やくざ慣れしてしまったのだろうか。それとも、父親の配下だと思うから？

ふと、不遜《ふそん》な気分が湧《わ》いてきた。だがすぐ、こんな自分を青磁はどう思うだろう、と考える。慣れてはいけないのだ、と自分を戒《いまし》めた。

父は、仙石会長は、光沢《こうたく》のある青みがかった色の和服をまとい、床《とこ》の間を背にしていた。どっしりとした座椅子にあぐらをかき、あの辰巳という男に介添えされている。

病み上がりで血色が悪いものの、眼光には力があった。

「邦光さん、こちらへ」

父から直接声をかけられた。一部がざわつく。

大悟の素性《すじょう》は、まだ知られてはいないはずだ。辰巳にしても、会長が認めないうちに、実子の存在を漏らすようなことはしないだろう。

おそらくこのざわめきは、どこの若造がこんな厚遇を、という反発と驚きの表れなのだ。

すぐ近くまで進み出たものの、何を言っていいかわからず、

「案じておりました。お元気になられて、何よりです」

あたりさわりのない決まり文句を口にして、頭を下げる。

「よく、おいでなすった」

他人行儀な物言いにほっとしたとき、父は声を張った。

「この場を借りて、みなにひとこと言っておきたい」

ぎくりと顔がこわばる。やはり、息子と披露《ひろう》するつもりなのか。辰巳の言うように父は命の危機に遭《あ》って、変心したのだろうか。

この場でその扱《あつか》いに抗議する？　しかし、それは父の面目《めんぼく》を潰《つぶ》すことになるだろう。とっさに去就を決めかねて、大悟は固めた拳《こぶし》を膝に置き、睨《にら》むように父を見つめた。

父はそんな大悟に、軽く会釈《えしゃく》さえしてみせた。

「このお方は、私が若いころ、大変お世話になった、いわば恩人のご子息だ。見てのとおりの美丈夫《びじょうぶ》だし、カタギの身で、この場に臆《おく》することもない。末頼もしい御仁《ごじん》ではある。しかし」

こほ、とひとつ咳《せ》き込《こ》んで、凛《りん》と背中を伸ばす。

「亡くなった親御さんから、極道の世界から遠ざけてほしいと、くれぐれもお頼みされている。これほど立派に育った姿を見れば、私もつい欲が出るが、約束をたがえては義理が立たん。以後、誰も、このお方にかかわって迷惑をかけてはならんぞ」

いいな、とドスの利《き》いた声で押し被《かぶ》せる。

居並ぶ面々は、一斉《いっせい》に頭を下げた。辰巳もまた、黙って一礼した。

愛していればこそ、手放すという選択。それを辰巳も知ったのだろう。

自分にそれができるだろうか、と大悟は自問した。相手の為《ため》にならないとしても、もう青磁を手放せないと知った今、改めて、父の大きさに心が震えた。

大悟は先ほどの年配者に先導され、広間を退出した。そのまま帰されるのかと思ったが、案内されたのは、別の和室だった。女が茶菓を運んできて、引き下がっていく。

正直、お茶も菓子も欲しくはなかった。それより、家で待つ青磁が気にかかる。早く会いたい。もう大丈夫だと保証してやりたい。青磁の憂《うれ》い顔はとても綺麗だけれど、安堵《あんど》しきった顔で身をゆだねてくるときが、一番可愛《かわい》い……。

小一時間ほどもたって、辰巳に付き添われた父が、部屋に入ってきた。

座布団に膝を揃《そろ》えて座り、父はこう切り出した。

「おまえはあの日、『もう会わない』と言ったが」

博多《はかた》のホテルで初対面のとき、自分はたしかにそう言った。きまりが悪い。あのときは、本当にその気だったのだが、中林《なかばやし》を、そして青磁を救うために、父を呼び出したのは自分の方だ。

仲間から卑怯《ひきょう》と言われても、父から得手勝手と思われても、青磁を守りたかった。

だが、父に、咎《とが》めるつもりもからかうつもりもないことは、その慈愛《じあい》溢《あふ》れる表情でわかる。

「あれから、こうして二度会えたな」

ひと息ついて、

「もう十分だ。これ以上は、罰《ばち》が当たる。おまえの成人した姿を見られただけで……」

言いさして、そばに控《ひか》える辰巳を見やった。

「これなどは、おまえが私にそっくりと言うが、私よりずっと目元が優しいな。聡美《さとみ》によく似ている」

母の名を呼ぶ声の温かさに、胸が詰まる思いがした。

この人にとって「サトミ」という名が秘めた宝石であるように、自分も「セイジ」を心の奥の一番大切な場所に抱《かか》えている。自分はそれを、誰にも奪わせはしない。

「幸せでいてくれ。聡美のぶんまで。おまえがこの世界のどこかで、まっとうに生きていると信じるだけで、私は救われる」

辰巳は恥じ入るかのようにうなだれた。父は冗談めかして、辰巳に話を振った。

「おまえのことはこの世界に引き込んでおきながら、実の息子は野に放つ。ひどい親父もあったものだ、そうだろう」

「そんな……！」

辰巳と父の視線が絡まった。

言葉に出さなくとも、二人の間には緊密な関係がある。自分はそこに入ってはいけない。

父のそばで、父を支えて生きる息子は、自分ではない。おそらく、この辰巳なのだ。

寂しくはない。自分にも、共に生きる相手がいる。すべてを分かち、信じ合い、愛し合う相手が。

辰巳の役目が父を守り支えることならば、自分の役目は、青磁を守り、幸せにすることだ。父の目配せに応じて、辰巳が先に立つ。大悟も座を立った。廊下に出ると、辰巳は遠慮《えんりょ》がちに申し出た。

「失礼とは承知しておりますが、裏からお帰り願えますか」

それは、大悟も望むところだった。さっきのベンツの群れを思うと、玄関から出るのはぞっとしない。

案内された裏口というのは、庭のはずれの、路地に面した木戸だった。

辰巳は外に踏み出さないまま、道を示した。

「角を曲がったところに、車が待っています」

「いろいろと、ありがとうございました」

大悟の一礼に辰巳も応《こた》えて、深々と頭を下げる。

裏道を抜けると、来たときと同じ車が、こちらに尻を向けて止まっていた。

乗り込んでドアを閉めると同時に、大きな荷物を降ろしたような安堵が、じわじわと満ちてきた。大悟はシートに背を預けて目を閉じた。

久留米の駅で大悟を下ろすと、車は走り去った。博多のホテルで、父の乗る車を見送った、あのときの乱れた心は、今は自分の中にない。

今度こそ、本当に父を失った。

だが、失わずに済んだものがある。自分の未来。青磁の未来。青磁と共に生きていく未来。

大悟は、背筋を伸ばし、大股《おおまた》で駅構内に入って行った。


「ただいま」という声は、落ち着いて穏やかだった。その声を聞いたとたんに、青磁はくたくたとくず折れそうになった。今度こそ、何もかも解決した、とわかったからだ。

冷静を装って送り出したものの、本当は心配でたまらなかった。大悟が自分を裏切ることはない。そう信じていても、やくざの怖さ・理不尽さは骨身に沁みている。「信じて待つ」ということが、これほど難しいとは知らなかった。

ダイニングで大悟からことの次第を聞く。会長がみなに宣言した場面では、青磁も思わず、肩に力が入った。

大悟の父の大きさには、青磁も感銘《かんめい》を受けた。博多のホテルで会ったきりだが、もう一度会ってみたい、とさえ思った。

もちろん、それは叶《かな》わない。実子である大悟さえ、もう二度と会うことのない人なのだ。

ほっとする一方で、なんだか、残念な気もした。

そうこうするうち、松の内も過ぎた。

『難破船』の物件引き渡しが終わったとかで、マスターが家を訪ねてきたのは、大悟がミヤコスポーツクラブの慰安《いあん》旅行に出かけているときだった。

客間がわりのダイニングに上がってもらい、すっかり我が家の顔で、茶など出していると、

「ここに、紹介状を書いておいたから」

唐突に書状を差し出されて、青磁はとまどった。

「うちは典型的なご近所バーだけれども、古いから、業界では知られた店だ。これでも役に立つかもしれないよ」

それで、とマスターは身を乗り出してきた。

「前のところを辞めた理由は、私に請《こ》われて、としてはどうだろうかね?」

「え」

意味がわからず、目を瞬《しばたた》く青磁に向かって、マスターは、なぜだか焦ったように言葉を継いだ。

「私が一人で店をやっていくのが大変になって、遠い血縁の青磁くんを引き抜いた、と。それなら、筋が通るんじゃないか」

青磁がまだどこにも就職できていない理由を、マスターなりに推量してのことだろう。そして、それは当たっている。

だが、その好意に甘えていいのだろうか。マスターに迷惑がかかることはないのか。

マスターは、なぜ青磁がロイヤルフォートホテルを辞めることになったのか、ということまでは知らない。

青磁も、とても言えなかった。今更、なお言えない。

青磁は精一杯の遠慮《えんりょ》を示した。

「いいんでしょうか、私などが、そんな」

「私、など?」

けげんそうな顔のマスターに、

「あの、マスターの『血縁』だなんて……」

ああ、と彼は笑い、こちらこそ、と芝居がかってお辞儀をした。

「この一年、いや、もう二年近くになるか。私も楽しかった。息子ができたようでね」

夫妻の間に子がないことは、知っている。その気持ちがありがたかった。

思えば、人の情とはなんて不思議なのだろう。

大悟の父は、血の繋《つな》がったわが子を、他人とした。大悟の「まっとうで自由な人生」を願ったからこその決断だという。

逆にマスターは、赤の他人の青磁を、息子のように遇《ぐう》してくれた。そのうえ、履歴書の穴を埋めるための口実としても、「血縁」と言明してくれたのだ。

涙ぐんで頭を下げ、青磁は紹介状を押し頂《いただ》いた。

人生の羅針盤《らしんばん》を見失い、漂流船となった自分が流れ着いた場所。『難破船』という名のそのバーは無くなってしまっても、温かなステンドグラスの光とともに、マスターの情が自分を照らし続けるだろうと思う。

そして今の自分には、大悟というよりどころがある。彼のかたわらを、自分の居場所と定めている。

それだけで十分だと思っていたけれど、マスターの好意を無にしないためにも、大悟の愛に応えるためにも、やはり本来の志《こころざし》を貫こう。

青磁は、心を惹《ひ》かれながらいったんは諦《あきら》めた本格派バーへの就職に、もう一度目を向けた。大悟の前に、もう一度、一流のバーテンダーとして立ちたい。その思いに突き動かされて、青磁はこの地で望みうる限りの高みを目指す気になった。

先月の終わりごろから、小倉《こくら》の一等地に新しく進出する予定のホテルが、飲食系の求人を多く出していた。ウエイター・ウエイトレスから、調理人、皿洗いにいたるまで、職種もさまざまで、むろん、バーテンダーも求められている。

だが、経歴に後ろ暗いところのある自分など、とても雇ってはもらえないと思っていたのだ。

青磁は、マスターを送り出すとすぐ、取ってあった求人誌の前号をめくった。

まだ採用枠《わく》が埋まっていないことを祈りつつ、青磁は採用係に電話をかけた。

担当者に簡単に経歴を話すと、向こうは乗り気で、来週早々に面接日を設けるので、履歴書を持参して来るように言ってくれた。

心弾むままに、青磁は出先の大悟にメールを送った。ホテルの面接が受けられる。それだけでも嬉しくて、大悟に知らせずにはいられなかったのだ。

仕事の合間に打ったのか、すぐに短い「おめでとう」メールが来た。

青磁は多くもない自分の荷物の中の、スーツバッグを開いた。中には、専門学校を卒業するときに、姉が作ってくれたものが入っている。

黒はどのみち、ホテルマンやバーテンダーの「制服」だからと、デパートであえて濃紺のスーツを選んでくれたのを思い出す。

さすらい、流れてくる間も、これだけは手放さず持っていた。何年ぶりかで羽織ってみる。少し流行遅れで、肩のあたりがきついが、シェイカーを振って見せろといわれれば、上着を取ってもいいのだ。

スーツの襟《えり》をたしかめていて、指にもつれる後ろ髪が気になった。

家の近くに、昔ながらに青と白と赤のサインが回っている理髪店を見つけ、「就職面接を受けるから」と、整髪を頼んだ。

全体を短く切り、撫でつけると、ずいぶんすっきりした印象になった。

青磁が床屋から帰ったところへ、大悟もちょうどクラブから戻ってきた。

彼は目を丸くし、あけっぴろげな嘆声《たんせい》を放った。

「うおっ。綺麗やなー」

正面から手放しで褒《ほ》められて、さすがにきまりが悪く、仏頂面《ぶっちょうづら》になってしまう。

大悟は慌てたふうに言い添えた。

「いや、今までが綺麗やなかったってことじゃないけど。なんか、かっこええ」

至近距離で前から横から眺める。そして「じゃあん」と言いながら、スポーツバッグから平たくて細長い紙箱を取り出した。

「え。なに?」

中から出てきたのは、ネクタイだった。洒落《しゃれ》ているけれど、格式を感じさせるトラッドなものだ。

さっそく締め替えてみると、それは濃紺のスーツにとてもよく映《は》えた。

大悟にはスーツを見せたことはなく、色味なども知らなかったはずなのに、誂《あつら》えたようにぴったりだ。そんなところにも「縁」を感じる。

「ありがとう。これで勝てるような気がするよ」

すると、どこかがうずうずするような顔で、大悟はねだってきた。

「セットは崩さないから、ちょっとだけ。な」

聞き分けの悪い子供みたいだ。勇気と男気があって、闘《たたか》う姿はカッコよくて、なのに、変な可愛《かわい》げがあって。じつに始末に悪い。

青磁は首を傾けて、大悟の唇を受け止めた。

履歴書と紹介状を携《たずさ》えて、青磁は開業準備室の入っているビルを訪れた。

履歴書には、コンクールの受賞歴も書いてある。

堕《お》ちるだけ堕ちたと自らを見放していたときは、そんな勲章《くんしょう》が何になると思っていた。この身に刻まれた汚辱《おじょく》と、自分の腕とは別だ。そう思えるのは、何もかも承知で愛してくれる男がいるからだ。

その男が選んでくれたネクタイ。姉の買ってくれたスーツ。二つの愛に支えられて、自分はここにいる。

面接の時間を待って小部屋にいるときも、青磁はすっくりと背筋を伸ばしていた。

呼び出しを受けて、隣の部屋に入る。

正面の長机に、二人の男が座っていた。向かって右の初老の男性が支配人らしい。青磁の人間性を見定めようというのか、接客の心構えや座右《ざゆう》の銘《めい》といった質問を投げかけてくる。

左側の中年男性は、ベテランのホテルマンらしく、専門的なことを訊《き》いてきた。カクテルの種類や酒全般の知識を試す質問に、青磁はよどみなく答えた。相手は満足げにうなずく。

最後に「制服のサイズを知りたいので」と、別室に案内されて採寸までされた。これではもう、採用は決まったようなものだ。

三日後、ホテルのロゴの入った封書が、速達で届いた。受け取ったのは、そのとき家にいた大悟だ。

青磁が買い物から戻ると、大悟は封書をテーブルに置いて、わくわく顔で待っていた。開けたくてしょうがないのを、堪《こら》えていたらしい。まるで、お預けをくらった犬のようだ。ふだんは頼りがいのあるいい男だが、やはり年下は年下だ。可愛いところがある。

青磁はもったいぶらずに封を切り、さっと目を走らせて、大悟に差し出した。

「やったあ!」

大悟のガッツポーズは、自分が優勝でもしたみたいだった。

「な、制服はどんな? やっぱ、黒スーツか? 早く見たいなあ」

——だから、そういう顔は反則だって。

制服は、自宅には持って帰らないきまりだ。クリーニングもホテル内で行う。ホテルが開業し、青磁が正式に働き始めるまで、見せてやることはできない。

青磁自身も、待ち切れない思いだった。

早く大悟に新しい制服姿を見てもらいたい。一流ホテルのラウンジという、大悟と出会った場所に立ち戻り、胸を張って働く姿を見せたい。

一ヵ月あまりの準備期間は、青磁にとってはあっという間だった。

めでたく開業の日を迎えたのは、春も間近な桃の節句。

地元名士や関係者を集めての祝賀パーティはメインダイニングで開催されたが、会場の一画にバーカウンターが設置されて、カクテルなども供された。

当日青磁は、そこを全面的に任された。新人のバーテンダーも一人、補助についた。

スタンダードなカクテルを、会場の雰囲気を見計らって作り、コンパニオンの女の子たちに渡す。その一方で、客からの個別の注文にも応じねばならない。

通なのか、通を装っているのか、あまりポピュラーではないカクテルを注文する客もいたが、青磁はにこやかに、的確に、さばいていった。

客層といい、雰囲気といい、ロイヤルフォートに通じるものがある。

自然、大悟との出会いを、青磁は思い出していた。

今も可愛い男だが、あのころの大悟は、本当にうぶで、遊びがなくて、意地っ張りで、そのくせ甘ったれで。でも、今の「カッコいい男」の片鱗《へんりん》はあった……。つい口元が緩んでしまう。

宴もたけなわになったころ、やや年かさの和装の女性が近づいてきて、カクテルを頼んだ。シェイクを要するものではない。派手な動きのシェイクより、ただ混ぜるだけに見えるステアの方が、じつは技量を問われるのだ。

ステアスプーンをすっと抜き、グラスを差し出すと、女は予想外の質問を投げかけてきた。

「茶道の心得がおありかしら?」

え、ととまどうのへ、

「いえね。茶筅《ちゃせん》を止める所作と似てると思って」

ああ、その道の人かと納得した。道理で、着物が板についている。

「心得はありませんが……不調法にならないよう、心がけております。お客様との、大切な出会いですから」

「一期一会《いちごいちえ》、の精神ね」

そういえば、よく知られたその四字熟語は、茶道の精神を表すものと聞いたことがある。専門学校の「接遇」の講義だったかで習った。

これからもここで、そういう出会いを積み重ね、常連との語らいや新規の客との緊張感ある毎日が待っているだろう。

だが、自分にとって最高の一期一会は、大悟との出会いだった。

彼との二度の出会いがなかったら、自分は今、ここにはいない。汚濁《おだく》の海底深く、朽《く》ちた沈船となっていただろう。

彼にとっても、自分はそういう者でありたい。

青磁は、心の中で、そっと祈った。

このホテルのラウンジに職を得たことは、播本《はりもと》老人には、大悟を通じて知らせてもらった。

春爛漫《はるらんまん》のある日、老人は大悟と連れ立って、青磁の仕事場を訪れた。

真新しい蝶《ちょう》ネクタイ姿をほれぼれと見守り、

「やっぱり、似合うねえ」

横から大悟が、得意げに口を挟《はさ》む。

「でしょー？」

わがもの顔とは、こういう表情を言うのだろう。見る人が見たら、バレバレではないか。

「さてと」

老人は止まり木の上でみじろぎする。

「ドライマティーニでございますね？」

「そう。ビーフイーターで、の」

「あ、俺も同じの」

ここでは、そんなベーシックな酒が切れているということはない。青磁は颯爽《さっそう》とシェイカーを振った。

播本は、そのまま常連客になってくれた。

なお嬉しいことに、『難破船』の常連の幾人《いくにん》かが、青磁目当てにラウンジに来るようになった。青磁がここにいることは、マスターから聞いたのだそうだ。自分のことのように喜んでいたけれど、常連たちに紹介までしてくれていたのか。

マスターが店を閉じ、田舎《いなか》に引っ込んでしまった今、『難破船』をしのぶよすがは他にない。フレンドリーな接客を苦手として、愛想なしを責められたこともある自分の中に、『難破船』を見て懐かしんでくれるのかと思うと、青磁も嬉しかった。

そんなある日、見覚えのある男がバーを訪れた。

客の顔を覚えることは、接客の基本だ。一度や二度訪れただけではなかなか難しいが、あの印象的なできごとの当事者の一人を、見忘れるはずはない。

それに、その男はどことなく、大悟に面差《おもざ》しが似ていた。

向こうはまっすぐカウンターに来て、青磁の正面に座った。自分を知っているのだろうか。息子の同棲《どうせい》相手を観察する眼差《まなざ》しに見えた。

だが、一杯目のオンザロックを飲み始めてまもなく、男の顔に、「おや?」という表情が浮かんだ。何か思い出したという風情《ふぜい》だった。

二杯目のオンザロックを頼んだとき、男はこう声をかけてきた。

「どこかでお会いしましたな?」

気づかれなければ、自分から言い出すつもりはなかったが、

「はい。たしか、博多のホテルで。三年か四年前……」

それで、はっきり思い出したらしい。

「ああ！」

少し間を置いて、また「ああ」と彼は呟いた。

「なるほど。これは、合縁奇縁《あいえんきえん》のたぐいですな」

よくわからないままに、黙って見返す。

「あなたは、私と大悟を二度、結びつけてくださったということになる」

一度はわかる。初対面の父と子が、感情的に決裂するのを、とっさにカクテルでなだめた。

しかし二度とは？

大悟の父は、こう続けた。

「あなたに対する想いがなかったら、大悟は、私を頼ってなど来なかったでしょう」

はっとした。そんなふうに考えてみたことがなかった。

この人の立場からは、自分は、一度切れた親子の縁を、意図せずに繋《つな》いだことになるのか。

「じつは今日は、あなたに会いに来たのです」

その言葉は、青磁の感慨《かんがい》に冷水を浴びせた。

今、青磁の顔を見て往時を思い出したのなら、会いに来ようと決めた時点では、二重の奇《く》しき縁には、気づいていなかったということだ。

そうなると、彼の秤《はかり》は、どちらに傾くのだろう。

青磁のおかげで、大悟と再び会えた。だがその青磁のせいで、大事な息子は、同性を愛するようになってしまった。

おかげさまと持ち上げておいて、それでも別れてほしい、と言いはしないか。

この人は、暴力団の組長にしては温和に見える。しかし、その穏やかな目には、底知れないカリスマ性が感じられる。

自分は、この人に抗《あらが》えるだろうか。大悟だけは、誰にも譲《ゆず》りたくないのに。

ロックのグラスを差し出す手が震えるのを、青磁はどうしようもなかった。

相手は予想外のことを言い出した。

「部下が心得違いをして、あなたの身辺調査をしてしまいましてね」

申し訳ない、と頭を下げる。

詫《わ》びられても困る。少しも知らなかった。この人の秘書とやらが、大悟を仙石の跡目にしようとつきまとったのは彼から聞いたけれど、まさか自分も探られていたとは。

「しかし、調査したからこそ、得られたものもあります」

男は、胸ポケットから何やら取り出した。それは、何のへんてつもない白い紙切れだった。取れ、と目で促《うなが》されて、おそるおそる手を伸ばす。

手元で開くと、そこには、ハイフンのない数字の羅列《られつ》があった。０９０で始まっているので、携帯番号だとすぐわかる。

「……何でしょうか」

「所在不明のお身内の名前は、怜華《れいか》さん、とか」

一瞬、ぎくりとした。

その名を、この人の口から聞くとは思わなかった。姉のことまで探りだされたことが衝撃で、不気味でもある。

青磁の、そんな身構えた態度を、相手は気にする様子もない。

「よけいなことかもしれませんが、人と人は、話さねばわからないこともある。どんなに近しい間でも、です。相手を思うあまりに、間違った選択をすることも、ね。……一度、連絡をとってみたらいかがですか」

大悟なら言いそうなことだ。いや、先日、似たようなことを、じっさいにこの人の息子の口から聞いた。

紙片を握り締めたまま、ぼんやりしていると、相手はカウンターに肘をつき、親しげな口ぶりで、

「今日来たのは、ほかにも目的がある。あれに先日会ったとき、訊き忘れたことがあってね」

言いさして、じっと青磁を見る。目力の強さは、やはり大悟に似ている。その目に見つめられて、青磁は落ち着かない気分になった。

「しかしこれは、むしろ君に訊いた方がいいことのような気がするのです」

「……なんでしょうか」

大悟に訊きたかったことを自分に？　青磁はとまどいを隠せなかった。

その人は声の調子を変えた。そこにはいない、わが息子に呼びかけているのか。

「おまえは孤独ではないと、信じていいか」

どきんと高く心臓が跳ねる。いったん目を伏せ、われとわが心に問いかけた。

ゆるぎない答えを得て、青磁は目を上げた。

「私が代わってお答えしていいのですか」

彼は鷹揚《おうよう》にうなずいた。青磁はすっと背筋を伸ばし、相手の目を正面から受け止めた。

「はい。決して、彼を独《ひと》りにはしません」

大悟の父は、声をたてて笑った。磊落《らいらく》でくったくのない、いい声だった。

「それを聞いて、安心しました」

そして、オンザロックを飲み干す。

「美味《うま》い酒だ。いい店ですね。ですが、ちょっと遠い。私は常連になれそうもありませんな」

勘定を頼んで男が席を立つと、どこからか現れた眼鏡《めがね》の男が、影のように付き従った。

青磁が家に戻ったのは、零時を過ぎたころだった。

夜の商売とはいえ、ホテルのラウンジは、明け方まで営業するようなことはない。

だから、このごろでは大悟も、青磁の帰りを待って寝ないでいてくれたりする。

古くからの住宅街の一画、昔ふうな造りの平屋の窓から灯《あか》りがこぼれていると、疲れも吹き飛ぶような、じんわりした喜びがこみ上げてくる。

今夜は特に、大悟に起きていてほしかったから、なおさらだ。

あのできごとを、早く知らせたい。

「父とはもう会わない」とは言っていたが、それが憎《にく》しみや冷血からではないことは、青磁にもよくわかっていた。

「ただいま！」

われ知らず、弾んだ声が出た。

上がり框《がまち》からすぐのダイニングにいた大悟は、勢いよくガラス戸を開ける青磁を驚いた目で見上げた。

「また誰か、昔なじみのお客さんでも来たんか？」

弾む心をそう解釈《かいしゃく》したのか。青磁は微笑《ほほえ》んで首を振った。

「なじみ、ではないんだ。でも、たしかに昔、ロイヤルフォートで会ったお客さんだったよ」

謎《なぞ》かけみたいなことを言って、大悟をおちょくってしまう。われながら、テンションが高い。

心が昂《たか》ぶっているのは、姉の連絡先が知れたから、だけではない。大悟の父から、二人の仲を認めてもらえたも同然だということが、後からじわじわ実感されてきた。もしや引き裂かれるのではないか、と怯《おび》えた反動で、青磁はいつになくはしゃいだ気分になっていた。

「で、こんなものをもらっちゃった」

渡された紙片を、そのまま大悟に渡す。

「これ……ケー番？」

大悟の眉《まゆ》が曇る。

「青磁も、渡したのか？」

尖《とが》った声に「は？」と訊き返す。そして、はっと思い当たった。酒の配達のバイトのとき、女たちにケー番をねだられたことで、大悟が不機嫌になったっけ。

とんでもない誤解だ。

青磁は大悟の横手の椅子に座り、態度を改めた。

「それ、姉さんの連絡先」

大悟は、声もなくまじまじと青磁を見つめた。二度、三度、喉仏を上下させて、

「姉さんて、あの、ホットケーキの姉さん？」

「どんだけ、ホットケーキが好きなんだよ……」

青磁は今日の珍客のこと、秘書が自分の身上を調べていたこと、連絡先は大悟の父からももらったことを、ひと息にしゃべった。

大悟の顔は、晴れたり曇ったり忙しかった。青磁にとって良い方に転んだとはいえ、秘書のしたことは腹に据《す》えかねる思いだろう。

ひと通り話し終わると、大きな息をついて、青磁はメモを元通りに折《お》り畳《たた》んだ。

大悟は見咎《みとが》めて、追及してきた。

「今、かけんのか？」

「……いずれ、ね」

はぐらかすのへ、

「なんで？」

本当に不思議そうな顔だ。

大悟のような強い人間には、自分の弱さは、理解してもらえないだろう。

それでも、理解される努力は、放棄《ほうき》したくない。

「大悟の言うことを信じないわけじゃないんだよ。できれば信じたい。姉さんが俺を捨てたんじゃないって。でも、もし、電話に出てもらえなかったら。露骨《ろこつ》に迷惑そうだったら。いきなり切られたら」

そんなこと、と言いかけるのを制して、

「怖いんだ。また自分が崩れてしまいそうで」

大悟は黙っている。

青磁は、おそるおそる顔を上げた。きっと怒っているだろう。「あれだけ励《はげ》ましたのに、このわからず屋!」と。

大悟は、なんともいえない表情を浮かべていた。哀《あわ》れみとも切なさとも違う。それが「いとしい」という感情だと、青磁は悟った。

「大丈夫だ。俺は、俺だけはおまえのもんだ」

さらに、こうも言った。

「おまえには、俺がいるじゃないか。誰がおまえを捨てても」

そして俺にはおまえが、と、大悟にしては儚《はかな》いような微笑を浮かべた。

彼は、喪失《そうしつ》の痛みをすでに知っている。そう思うと、胸の奥がきゅんと締め上げられた。

その疼《うず》きは、ゆっくり全身に広がっていく。

「大悟……ほんとに、ずっと俺のものでいてくれる?」

ああ、と囁いて、大悟は跪《ひざまず》くように身を落とす。あっと思ったときは、腰をつかまれ、抱え上げられていた。

そのまま、寝室に運ばれる。

この体勢が気恥ずかしくて、抗《あらが》うように足をばたつかせてみたが、びくともしないのはさすがだ。

ベッドについても、放り投げるのではなく、壊れ物のようにそっと置かれる。そんな扱《あつか》いのふさわしい自分だろうか、という卑下《ひげ》した心は、降ってきた優しいキスに、たちまち溶かされて消えた。

互いに相手を脱がせるのも、まるでそれぞれの手が話し合っているかのように、スムーズだ。ただひとつ、連携《れんけい》がとれなかったのは。

キスをかわしながら、下になろうとする青磁を、大悟は引きとめた。

「ちゃんと向かい合いたい。青磁と」

意味がわからず、黙って見返す。

と、大悟はインストラクター流に青磁を誘導した。

あぐらをかくように座った大悟の腿《もも》の上に乗せられて、腰を跨《また》がせられる。

「え？　これって、どう、」

背中から回ってきた指が、窄《すぼ》んだ孔《あな》を探る。乾いていて辛《つら》い。

「待って、今」

大悟は自分のそれをくちゅくちゅと扱《しご》き、先走りの滑《ぬめ》りを、二本の指にまとわせた。

「少し、腰上げて」

膝に力を入れて尻をこころもち上げる。入ってくる指が、いつもよりぎこちない。

「も、いいから」

そう言って促《うなが》したのは、大悟が窮屈《きゅうくつ》そうだったからだ。

「こっちへ、こう……ゆっくり、来て」

下から割り開かれる。向きが違うせいか、違和感が強い。むずむずと腰を動かして、進みやすい道を探る。先が筋肉の輪をくぐったと思ったとたん、膝がずっと滑《すべ》って、ずぷっと奥まで突き上げられた。

「うあ、あ、深い……っ」

それまで当たったことのない最奥《さいおう》を突き上げられて、青磁はこらえきれず、高い嬌声《きょうせい》を放った。

「あ……あっ、あーッ」

自分のものが固くしこって、大悟の下腹を叩くのがわかった。大悟はそれを、自分の下腹に押し当てた。よく鍛《きた》えた筋肉が、青磁の雄《オス》を撥《は》ね返《かえ》そうとする。

押し返す自らの筋の動きをさらにねじ伏せるように、大悟は強く押しつけて、その上から手のひらを被《かぶ》せてきた。

空手や拳法で鍛《きた》えた手は、ざらついてはいないが、指の付け根が固く小さな瘤《こぶ》になっている。それで揉《も》みこむように、大悟は、青磁の雄を擦《こす》った。

大悟の手のひらと腹筋に挟《はさ》まれて、青磁はみるみる上り詰めた。

「は、ああ……っ、いい……もう、イく…大悟、来て……っ」

互いの肩に顎を載せ、息遣いを感じつつ、二人は同時に放った。

大悟を締めつけていた部分が緩み、ずるりと抜き出されるのがわかった。

息を整えながら薄く目を開けると、視野に薄赤い、小さな三日月がちらつく。

――なんだろう。

ぱちぱちと瞬《まばた》きすると、焦点《しょうてん》が合ってきた。自分より白い、艶《つや》やかな大悟の肌。そこにくっきりと爪痕《つめあと》が散っている。どうやら、自分が忘我のあまり、かきむしったらしい。

「あ……ごめ……」

だが大悟は、どこかうっとりした表情で、爪痕を見ていた。

「おまえの爪、綺麗だな」

「え。伸ばしたり磨《みが》いたり、してな……」

大悟は青磁の呟きを耳にも入れず、手をとって、揃《そろ》えた指をほれぼれと見つめる。

「細くて薄くて、ぴたっと指先にくっついて。ステアってのか？　スプーンで混ぜるとき、少し反って、カッコいいんだよなあ……」

その指先を、大悟は爪痕に当てた。

「これは、おまえのしるしだ」

そして、例の目力にものを言わせて迫《せま》ってくる。

「信じるか？　俺がおまえのものだって」

青磁は泣きたいのをこらえてうなずき、顔をその胸に寄せて、薄赤い爪痕のひとつひとつを舌でたどった。

「青磁……っ」

切迫した声で呼ばれる。

「青磁、好きだ……っ」

見ると、大悟の雄は再び兆《きざ》していた。

「大悟……俺も好き。大好き」

今度は、ゆっくり押し倒された。


初夏の明るい日差しが、寝室の奥まで差し込んで目が覚めた。

大悟はもう起きているらしい。ダイニングの方から音がした。甘い匂いも。

青磁は慌てて起き出し、ダイニングに行ってみた。

大悟は、テーブルの前に得意顔で立っていた。

「ホットケーキ、焼いてみた」

青磁は、思わず吹き出した。

たしかに、きつね色に焼けたホットケーキが二枚の皿に載っている。なんとか三段に重ねようとしたらしいが、一枚一枚がいびつに膨《ふく》れているので、ピサの斜塔《しゃとう》のようにかしいでいた。

なかなかユニークな朝食だ。

さっそくご馳走《ちそう》になり、

「うん。味はいいよ」

「味も、だろ」

大悟は、口を尖《とが》らせた。

「ごちそうさま。美味《おい》しかった」

皿を押しやると、交換のように、大悟は電話を差し出してきた。

「今、かけるだろ?」

「……うん」

青磁はゆっくりと、ひとつひとつ数字を確かめてボタンを押した。

「もしもし。青磁です」

電話の向こうで上がった驚きの声には、純粋な歓びが溢《あふ》れていた。青磁は思わず、昔に返って呼びかけていた。

「姉ちゃん……!」

大悟はさりげなく席をはずして隣の和室に入った。電話越しとはいえ、久しぶりの家族の再会を邪魔したくなかったのだろう。その心遣いが胸にしみた。

大悟はスマホをいじり始めたが、画面に集中していないのは、電話中も目の端で捉《とら》えてわかっていた。

案の定《じょう》、青磁が電話を切ると、すぐ顔をこちらに向けた。

「姉さん、なんて？」

青磁は、大悟の前まで行ってぺたんと座った。

「今は名古屋の方で、水商売といえば水商売だけど、家庭的な小料理屋で働いてるんだって。女将《おかみ》さんがいい人で、店の二階に娘ともども住まわせてもらってる、と言ってた」

大悟は、にっと歯を見せて笑った。

「妙なめぐり合わせやな。青磁も『難破船』の二階に住まわせてもらってたもんな」

そういえばそうだ。姉弟そろって、身内でもない人の親切に救われている。

「で。いつ会うんだ？　どっちが来るとか行くとか、決めたんか？」

「何しろ遠いし、お互い仕事もあるから、すぐにどうこうって無理だけど。連絡はとれるようになったから、もう大丈夫」

お互い、まだぎこちなさはあるけれど、離れてはいるけれど、家族の絆《きずな》は再び結ばれたのだ。

「良かったな」

大悟は、青磁の頭を大きな手でがしっと摑《つか》んだ。自分の胸元に抱え込んで、繰り返す。

「うん、良かった」

大悟の声が濡れている。

くぐもった声で「ありがとう」と呟くと、大悟はちょっとすねた。

「俺は何もしとらんぞ。親父が、あの人がしたことだろう」

ううん、と青磁は首を振る。

「連絡先がわかっても……そのうちするとは言ったけど、俺にはたぶん電話する勇気はなかったと思う。大悟がいてくれたから、電話できたんだ」

大悟の推測がほぼ当たっていたことは、姉と話してわかった。

青磁が一流ホテルで出世をとげているものと思い、自分たちがその妨《さまた》げになってはいけないと、姿を隠したのだ。

「そばにいてくれて、俺のものになってくれて、ありがとう」

もう一度、今度はしっかり目を見て言う。大悟は怒ったように瞼《まぶた》を赤くした。

「じゃ、感謝のシルシを見せろよ」

ここにキスしろ、とばかり、頬を差し出してくる。

青磁は、ちゅっと音をたててキスをした。

「これでいい？」

「うん？」

「ほんとにぃ？　俺は足りないけどな」

すると大悟は、唇をにゅっと突き出した。

「んじゃ、ここも」

「最初から欲しかったくせに」

意地悪を言いながら、青磁は大悟の顎《あご》に指をかけ、その唇に口を押し付けた。すぐ離れかかるのを、今度は大悟が後ろ髪を摑んで引き止める。ちゅく、ちゅくと、小鳥が囀《さえず》るような濡れた音が、長く続いた。

ついに息が上がって、青磁はくたりと大悟の胸に頭をもたせかける。髪を摑んでいた手は、今は首筋を優しく撫でていた。

青磁はうっとりしながらも、考えた。

大悟が心から喜んでくれているのはわかる。だが、祝福の笑顔の陰に、一抹《いちまつ》の寂しさも感じられる。大悟自身は気づいていないかもしれないが。

自分はこれから、姉にも姪《めい》にも会えるだろう。事情が許す限り、いつでも何度でも。だが、大悟は父親と、きっと二度と会わないだろう。それが息子を守ることだと、あの人もわかっているのだ。

青磁は唐突に呟いた。

「大悟のお父さん、シブイね」

「——なんで、ここにまた親父が出てくる」

父親を褒《ほ》められて、嬉しいのか悔しいのか。息子にとって父親とは、いつの世も最大のライバルであるらしい。

「べつに。大悟も三十年後には、ああいう男になってるのかなあって」

「そんな爺《じい》さんじゃなくて、今の俺を味わえよ」

そうぼやくなり、また唇を寄せてきた。

今朝《けさ》のキスは、とびきり甘くて、どこまでも優しい。

だが。

三十年後の大悟を見たい。その意味が大悟にわかったかどうか、怪しいものだと、青磁は思った。

あとがき

AFTERWORD

―いつき朔夜―

こんにちは、いつき朔夜《さくや》です。

久しぶりに、純正地元BLです。舞台は九州北部かな、主人公は九州出身かな、という作品もいくつかあるのですが、はっきり「北九州」と銘《めい》うっているのは、これで三作目です。

そして本作は、既刊「午前五時のシンデレラ」と、かなり世界が近いです。大悟《たいご》と青磁《せいじ》は、小倉《こくら》の街のどこかで、あのカップルとすれ違ってるかもしれません。

ところで、このところ、地元がよく映画やCMの舞台になっています。

「図書館戦争」の続篇が、秋に公開されるそうですが、「関東図書隊」は小倉の中央図書館ですので、どうぞよろしく。

某自動車会社のWEBムービーも、地元の商店街を「球場」としてぞんぶんに活用してくださってます。とてもかっこよく面白《おもしろ》いCMになっていて、大喜びしました。

まあ、小倉はとある反社会的集団でも有名なのですが。暴れるのは、小説の中だけにしてほしいものです。

さて、以前「あとがき考察シリーズ」のひとつとして、受の美人コンテストをやりました。青磁は、そのときの三大美人受の一人です。

では、攻の美形度は、というと。

大悟はかっこいいけれど、彼の良さは顔じゃないですもんね（褒《ほ》めてます）。

前作のキャリア官僚攻、防災会社の社長、馬術をやる医学生、タラシの鍼灸師《しんきゅうし》あたりがノミネートされそうです。なぜか、美形ほど、性格に問題があるような気がしますが。

編集部を始め、新書館の皆さまのご尽力《じんりょく》により、この本を世に出すことができました。相変わらずの遅筆で、ご迷惑をおかけしてばかりです。

本間《ほんま》先生には、美人コンテストの順位が変わってしまいそうなくらい、青磁も大悟も魅力的に描いていただきました。表紙からも、芳醇《ほうじゅん》な酒精が香るようで、くらくらします。

読者の皆さま、ここまでおつきあいくださいまして、ありがとうございました。お楽しみいただけたでしょうか。ひとことでも感想をいただければ幸いです。

それでは、また、どこかでお会いしましょう。

この本を読んでのご意見、ご感想などをお寄せください。
いつき朔夜先生・本間アキラ先生へのはげましのおたよりもお待ちしております。

〒113-0024　東京都文京区西片2-19-18　新書館
[編集部へのご意見・ご感想] ディアプラス編集部「シェイク・ミー・テンダー」係
[先生方へのおたより] ディアプラス編集部気付　〇〇先生

- 初出 -
シェイク・ミー・テンダー：小説DEAR+ 2013年ナツ号(Vol.50)
キス・ミー・テンダー：書き下ろし

シェイク・ミー・テンダー

著者：**いつき 朔夜** いつき・さくや

初版発行：2015年5月25日

発行所：株式会社 新書館
[編集] 〒113-0024
東京都文京区西片2-19-18　電話（03）3811-2631
[営業] 〒174-0043
東京都板橋区坂下1-22-14　電話（03）5970-3840
[URL] http://www.shinshokan.co.jp/

印刷・製本：株式会社光邦

ISBN978-4-403-52378-6